01
小刀鋒利 ◎著
萬界重啟

CONTENTS

目錄

第一章　怪夢　005

第二章　意外　025

第三章　英雄　043

第四章　太乙蓮花經　063

第五章　冰霜四五群　083

第六章　七彩蓮花　101

第七章　絕對碾壓　119

第八章　鬼新娘　139

第九章　唐家晚餐　157

第十章　再入秘境　177

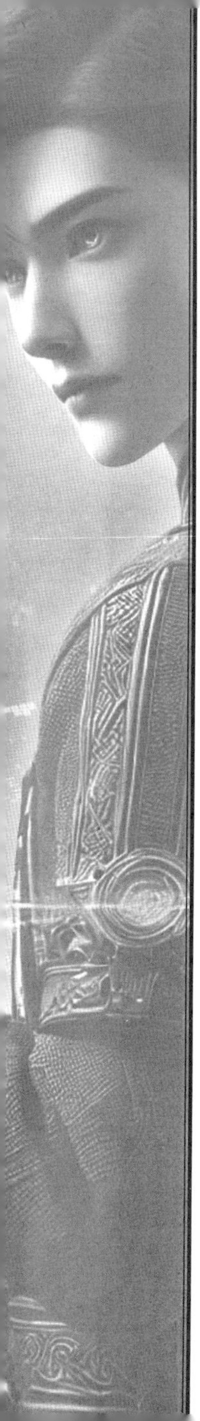

第一章 怪夢

西元二零四五年，六月三日，秦國，冰霜城，這是災變發生後的第十六個年頭。

三中高三二班的教室黑板上，寫著一行大大的楷書——高考倒計時五天。教室很安靜，大多數人在伏案複習。

少數人在發呆，許彌在睡覺，他的成績很理想，最難的第一次模擬考了六百三十分，第二次模擬考六百五十四。

就在所有人都認為相對簡單的第三次模擬考，許彌可以考出更好成績時，卻直接一落千丈，只考了個五百七十二分，別說旁人，他自己都沒辦法接受。

問題源於四月底的一個怪夢，從那之後便整日昏昏沉沉，精神狀態極差。

夢裡的許彌是個冷酷堅毅的中年人，作為隊長，帶領十幾名隊員在秘境中與怪物搏鬥，艱難尋找出路。

那是個非常特殊的重疊秘境，天空掛著一輪散發綠光的月亮，四周大霧彌漫，分不清東南西北，怪物數量眾多，各種各樣，很多他甚至從來沒在課本上見過。

秘境是突然出現的，把他們給『圈』進去，大家只能倉促應戰，而他就是在被圈進去的那一刻，進入了夢中。

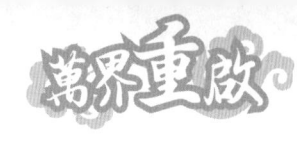

夢裡的許彌不僅經驗豐富戰力強大，精通各種槍械，還有著無比豐富的秘境經驗和知識，擁有超乎尋常的敏銳直覺。

除去最後一條，其他都與現實中的自己判若兩人。

初次夢醒後，許彌久久不能平靜，感覺真實且荒謬，同時也忍不住想，如果這是真的，那該多好啊！

自己要真有那麼好的天賦，肯定會報考修行大學，成為一名夢寐以求的修行者。

畢竟在這個『半末日』時代，自身實力才是更好生存下去的保障，可惜許彌就是一個普普通通的學生，沒有那個機會。

許彌從小就能看見旁人看不到的東西，遇到過的奇奇怪怪事情不少，所以也沒太把這荒誕的夢放在心上。

沒曾想當天去到學校就發起了高燒，隨後的模擬考試發揮失常。

本以為過幾天就會好，結果從那天起，這個夢居然變成了『連續劇』，每天都能銜接『上一集』。

夢裡的許彌雖然很厲害，卻架不住那個秘境太可怕，必須得全力以赴才能勉強應付，饒是如此，幾天後身邊依然開始出現傷亡，縱然拼盡全力也都無法阻止。

結果就是許彌每天早上醒來，不僅精神疲憊，身體也不舒服，受傷的地方更是會出現淡淡的印記，伴隨著強烈的劇痛！

這讓他忍不住有些懷疑，那到底是夢，還是他自己創造出的『夢幻秘境』？

如此一來，許彌白天自然沒精神，趴在桌上睡覺也就成了常態。

可怕的是，這樣也會進入到那個夢境當中！

隨著隊友一個個接連死去，許彌的消耗越來越大，醒後在現實中的狀態自然也就越來越差，形成了一個恐怖的惡性循環。

比如此刻，許彌人趴在桌上，似乎睡得很安詳，但在夢裡，卻正經歷著一場生死大戰！

夢境中，大霧彌漫，一輪綠色月亮在高天之上若隱若現，將大霧映照得一片慘綠，氣氛壓抑而又恐怖。

滾滾濃霧中，一支全副武裝四人小隊互為犄角，在摸索中艱難前行，淒厲笑聲此起彼伏，四周陰風陣陣，行進中的四人不為所動。

許彌走在最前面，他的體型勻稱，面容俊朗，目光冷峻而又堅定，作戰服手臂位置像是被什麼東西給撕開，有鮮血滲透出來，身上還有一些地方沾染著早已乾涸的血跡，有他自己的，也有怪物的。

左後方是個身高超過兩米的壯漢，跟座移動的黑鐵塔似的，身上掛著彈鏈，手裡端著機槍，看口徑就可以知道它的威力。

壯漢名叫灰熊，身上的作戰服有些殘破，同樣沾染著大量血跡。

右後方是個女人，臉上戴著一張鮮紅的火鳥面具，只露出一雙靈動眸子，腿部似乎有傷，走起路來稍微有點瘸。

負責斷後的男子身高不到一米七，人也精瘦，四人當中只有他用冷兵器，拎著一把長劍，劍刃有鮮血不斷往下滴落。

這時，瘦子小聲嘀咕。

「許隊，咱這次是不是要栽在這裡了？」

「別亂說，咱們肯定能出去！」

女人聲音冷冷的，卻很好聽。

「朱雀妹子，別再硬撐了，咱們也算見識過大風大浪，什麼時候主動進過這種級別的秘境？這次倒楣被『選中』，十有八九出不去了。」

外號猴子的精瘦男人說話間猛地一轉身，手中那把依然在滴血的劍鏘的一聲出鞘，狠狠斬進身後迷霧。

劍氣凌厲至極，帶著呼嘯，將濃霧都給劈開大片，卻劈了個空！

一道淒厲怪笑驟然響起，似遠似近，飄忽不定。

「操你媽的！」

猴子咒罵，隨後嘭嘭聲響起，壯碩漢子手中武器開火了，帶著朱雀面具的姑娘也朝著迷霧猛烈射擊。

唯有帶頭的許彌沒出手，他正警惕地盯著一個方向。

就在三人注意力都被後面那東西給吸引的時候，一道快若閃電的身影從許彌盯著的大霧中撲出來，張開鋒利的爪子，狠狠抓向朱雀後心！

注意力已經完全被後方吸引的朱雀就算感知到被襲擊，這種時候想要做出反應也來不及，但她並不擔心。

嘭！一聲槍響過後，撲向她的怪物從半空跌落，重重摔在地上，掙扎了兩下，隨著鮮血擴散，很快沒了動靜。

「許隊好槍法！」

猴子大聲稱讚，接著許彌抬手又是一槍。

「當心！」

灰熊手中武器的轟鳴也在同時響起。

一隻巨大無匹，足有幾十米高，渾身長滿觸角的怪物驟然自大霧中顯現出來，其中一根觸角快若箭矢，狠狠刺向猴子。

那觸角上密密麻麻長滿了眼睛，末端尖銳而又鋒利，若被刺中，必死無疑！

縱然壯漢手中重武器威力極大，但打在這怪物身上和觸角上，就像是用石頭打水漂，儘管也能濺起一點血光，卻難以對其造成致命傷害。

朱雀和許彌兩人的火力則朝著怪物伸過來的其他觸角瘋狂傾瀉，猴子感受到死亡威脅，突然凌空躍起，大吼一聲。

「去你媽的，老子和你拼了！」

見狀，許彌下意識大吼一聲。

「別！」

猴子咆哮著，手中劍像是燃起一片幽藍火焰，斬出的劍氣都是藍色的，刷的一下將這條觸角那鋒利的前端斬斷。

還沒等眾人鬆口氣，另一條觸角自霧中快若閃電般伸出，以迅雷不及掩耳之勢刺向從半空往下掉落的猴子。

許彌怒吼著衝上去，手中多出一把寒光閃爍的彎刀，亮出長長的刀芒，狠狠斬在這龐然大物身上，頓時斬開一道長長的口子，大量藍色血液一下子流淌出來，然而依舊沒能阻止。

噗的一聲，猴子胸膛被狠狠刺穿，他連慘叫都來不及發出，便被這條觸角高高舉起，帶進迷霧當中。

一瞬間就被吸乾全身血液，變成乾屍掛在那上。

下方三人目眥欲裂，想要衝上去拼命，但都被潮水般湧上來的怪物給拖住。

龐然大物則以完全不符合體型的速度，極為迅速地向後退去，眨眼間就消失在濃濃的綠色迷霧當中。

大量人形的、非人形怪物從四周湧來，猩紅眼中露出嗜血光芒，對剩下三人發起又一波的瘋狂攻擊。

三人來不及悲傷，只能全神貫注，再次投入到戰鬥中。

幾分鐘後，槍聲停止，這裡恢復平靜，只有遠處偶爾傳來的一兩聲淒厲怪笑。

「猴子也死了。」

朱雀聲音充滿低落，眼裡有晶瑩閃過，但很快便收住，悲傷，在這種地方是多餘的。

情緒波動過於劇烈，只會死的更快，甚至一場激烈的戰鬥過後，坐在地上休息都是件奢侈的事情，因為隨時可能有怪物冒出來偷襲！

這支隊伍原本十幾個人，現在只剩下他們三個。

哪怕心裡清楚這是夢，許彌心中依然升起一股強烈的悲憤情緒，感覺這就是另一個自己的真實經歷。

灰熊沉默著，臉上甚至連悲傷情緒都看不到，依舊端著手裡的重型槍械，一臉警惕地四周巡視著。

只是緊繃的臉上那雙幾乎瞪出眼眶的眼睛和用力抿著的嘴唇，代表著他內心並不平靜。

許彌微微眯著眼，堅定的眼神始終未曾有過動搖。

現實中的許彌就是個普普通通，只有學習還不錯的高中生，可一旦進入到這裡，彷彿有一股神奇力量左右著他的思維和情緒，讓十八歲的少年靈魂瞬間變得成熟且堅韌，所有行為彷彿都經過千錘百煉，戰鬥意識已成本能。

只可惜夢醒後一切都會恢復正常，再做不出那些靈巧的動作，許彌知道，這是因為他在現實中無法運用靈氣的原因。

但許彌的心態和秘境經驗，卻在這段時間提升到令人難以置信的高度！

就在這時，前方突然傳來一陣歌聲，準確說是吟唱，沒有詞，只有調那種，悠揚婉轉，十分動聽，不知不覺就會讓人沉醉其中。

三人動作整齊劃一，開啟通話耳機的降噪功能，遮蔽掉這聲音。

霧魑，伴隨大霧而生的一種鬼怪，隱匿在霧中，可在虛實之間進行轉換，擅長聲音和精神力攻擊，這是課本上的知識。

許彌那雙不曾動搖的眸子裡，隨著吟唱聲的出現，露出凝重之色。

「這回可能真要栽。」

許彌下意識的說著，聲音有些低沉。

「咱們不是大能，栽在這種突然出現的秘境再正常不過，如果有下輩子，我還跟著你，但你要記得早點找到我，別讓我經歷那麼多痛苦。」

朱雀摘下覆蓋全臉的鮮紅火鳥面具，露出一張精緻漂亮得有些過分的臉蛋，笑著對許彌交代遺言。

妳是真人嗎？妳都經歷了什麼？

許彌對這些人既熟悉又陌生，並不真正瞭解他們，因為這一個多月始終都在戰鬥，幾乎沒有交流時間，不知道他們都有著怎樣的故事。

所以聽到這話，許彌心裡有種很怪異的感覺，但內心瞬間湧起的強烈悲傷和難過情緒也是如此真實。

嘭嘭嘭！灰熊再次開火。

朱雀身後傳來一陣淒厲慘叫，影影綽綽中，幾道身影倒下，她卻渾然不覺，看向許彌的目光充滿不捨。

「妳……」

許彌想說這只是個夢而已，但話到嘴邊卻突然無法說出口，霍地抬手往身後砰砰開了了兩槍。

兩道距離他們只剩下七八米的身影應聲倒下，發出一陣淒厲慘叫。

就在這時，吟唱聲音瞬間近了。

慘綠的滾滾濃霧中，現出一道妖嬈身影，十分朦朧。

灰熊和朱雀同時朝這道影子開火，許彌卻舉槍朝旁邊射擊。

吟唱聲音戛然而止，接著便是一聲尖叫！聲音淒厲刺耳，形成一道可怕的聲波攻擊，穿過迷霧，瞬間而至！

身旁傳來朱雀和灰熊痛苦的悶哼，即使戴著特製的降噪耳機，許彌依然瞬間七竅流血，頭部如遭重擊，傳來一陣鑽心刺骨的痛！

但許彌依然還很清醒，咬著牙，雙手持槍，繼續朝那個方向射擊，灰熊和朱雀兩人踉蹌著，也紛紛轉向許彌開火方向，集火狂轟。

「啊！」

尖銳刺耳的聲音持續不斷，像在召喚。

四面八方潮水般湧來無數鬼怪，原本已經退走的巨大觸手怪不知什麼時候也回來了，藏在霧中像個暗殺者一樣，悄無聲息地從後方接近。

趁三人集中火力對付霧魑，三條可怕的觸角快若閃電般刺過來。

朱雀身上猛然間燃起一道鮮紅火焰，她在動用靈力！

那條已經堪堪快要刺入她後背的鋒利觸角以更快的速度回撤，但依然被火焰燒到，包裹著一路往上！

觸手怪發出淒厲慘叫，隨後灰熊身上爆發出一股強大氣勢，刺向他身體的觸角像是撞在一面銅牆鐵壁上，發出金鐵交加的轟鳴巨響，觸角末端的尖刺當場折斷。

而刺向許彌那根觸角則被逃走的怪物給拖走，像是有自己的思想，消失在迷霧深處的時候依舊朝這邊伸得筆直，那上無數雙眼睛裡滿是不甘。

許彌一馬當先，雙手持槍，動作無比迅猛地朝著霧魑所在的迷霧方向衝去，灰熊和朱雀則各自負責擊殺兩翼那些源源不斷撲過來的鬼怪。

按照秘境生存法則，靈力不可隨意浪費，但現在已經沒了回頭路，是否能夠活過今天，就看能不能把這霧魑給幹掉。

成敗在此一舉！默契讓三人無需任何交流，也都能明白彼此想法。

許彌能清楚感知到對方準確位置，不斷調整著射擊角度。

霍地！許彌丟掉手中兩支短槍，身形凌空躍起，周身出現一個強大的能量場，形成一道防護罩。

右手掌中握著一把彎刀，居高臨下，狠狠斬下去。

凌空躍起和動用靈力都很危險，但在生死關頭，管不了那麼許多。

咔嚓！一道頭骨碎裂的聲音傳來，觸感真實！

許彌眸中閃過一絲喜色，霧魑果然和書上說的一樣，只擅長聲音和精神，接近時會由虛轉實……

噗！一隻纖纖素手輕而易舉破開許彌的防護，刺穿了他的胸膛！

慘綠的霧中現出一張美麗得有些不真實，神情卻冰冷到極致的女人面孔。

媽的！課本都是講假啊！

一口鮮血從許彌嘴裡噴出來，眼神瞬間變得無比決絕，非但沒去嘗試後退求生，左手還多出一柄兩尺多長的彎刀，似幻似真，與右手那把看似一樣，卻散發著炫目的光，劃出長長刀芒。

這是靈力凝聚而成的靈刃，摧金斷玉，削鐵如泥！

許彌強忍身體傳來的劇痛，瘋狂催動靈力，用力朝前一抹……即便這是夢，老子也要幹掉妳！

伴隨著一聲慘叫，一股熱血噴在許彌的臉上。

不知是不是重傷帶來的幻覺，許彌看到天空那輪慘綠的月亮轟然掉落，向他這裡砸來。

同時伴隨的，還有灰熊怒極咆哮和朱雀聲音淒厲呼喚他名字的聲音。

下一刻，彷彿有東西『砰』的一下撞進他腦子裡，靈魂都像是被點燃了！

那不是生靈能夠忍受的疼痛，意識當場消失。

就在許彌做著夢的同時，老方站在後門，透過窗戶看著趴在桌上的許彌，一臉惆悵。

作為班主任，他始終很看好這個學生，雖說是個不能修行的普通人，但學習成績始終保持在第一梯隊。

世界再怎麼變化，對人才的需求是永遠不會改變的，按照許彌的水準，只要正常發揮，考個好大學輕輕鬆鬆，可他最近狀態著實令人擔憂。

老方摸了把光禿禿的頭頂，輕輕推開後門，朝許彌走了過去。

大部分人無動於衷，少數抬頭看了一眼就又迅速低下頭去繼續複習，大考在即，巨大壓力之下，生不出任何其他心思。

老方輕輕敲了敲桌子，許彌猛地抬起頭，表情猙獰，雙眼佈滿血絲。

老方被嚇一跳，原本想說什麼都忘了，關切詢問。

「你沒事吧？」

許彌回過神，聲音帶著幾分沙啞的回了句。

「老師我沒事，好的很！」

老方無語，頭髮像剛從水裡撈出來，表情猙獰得要吃人，這叫好得很？

「不行就回家休息下，壓力別太大，明天畢業典禮過來就行。」

「謝謝老師關心，我真沒事了。」

許彌一臉認真，見狀，老方點點頭，沒再多說什麼，輕輕嘆了口氣，轉身離開教室。

許彌這樣子的優等生他見過很多，越到臨考壓力越大，外人很難體會到那種心情，只能依靠自己去排解。

但是許彌並沒有撒謊，他現在確實好得很，前所未有的好！

精神沒有一點疲憊，渾身充滿力量，除了夢裡最後畫面讓許彌心有餘悸，心跳依舊很快之外，完全沒有之前夢醒那種萎靡不振，整個人都要廢了的感覺。

許彌甚至覺得自己現在可以做出夢中那些格鬥動作，進到虛擬社群的戰網說不定都能大殺四方！

所以那個夢是隨著我的死亡……徹底結束了？

許彌思忖著，想起那一張張鮮活而又真實的臉孔，想到腦海中最後聽到朱雀和灰熊的悲憤怒吼，心中悵然若失。

就在這時，腦子裡突然傳來一道莫名其妙的意念——絕對聽覺！

沒等他反應過來，外面走廊的談話聲便飄入耳中。

「方老師，這是第一修行大學的戰院副院長，林瑜，過來看看你班上那兩個學生。」

「林院長您好，要不要我把唐悅溪和張麒叫出來？」

老方略顯拘謹的聲音清晰傳入許彌耳中，先前說話的人是他們校長，一個嚴肅刻板的小老頭，不過這會兒的聲音聽上去充滿愉悅。

一道清冷動聽的女聲傳來，道：「不用打擾他們，我只是順路過來看看。」

老方很客氣的說道：「感謝林院長關心，他們兩人狀態都不錯，修行順利，學習也沒落下。」

清冷女聲說道：「那就好，文化課也很重要。」

校長在一旁說道：「林院長說的沒錯，學習太差的人就算修行天賦好，大多也成就有限，理解能力不行，高深點的功法都悟不透。」

許彌有些吃驚，外面談話聲音並不大，正常情況下，在班級裡應該連模糊聲音都聽不到，他卻能聽得如此真切，彷彿就在耳邊響起！

對方提到唐悅溪和張麒時，許彌下意識抬頭看了眼前排的兩道身影，那是兩個已經提前被特招的『明日修行者』。

張麒倒是沒什麼反應，坐的筆直，正在認真看書，許彌知道這人向來高傲，除了唐悅溪，從不和別人交流。

紮著一個丸子頭的唐悅溪卻似有所覺的微微側頭，往許彌這邊瞥了一眼，露出半張白皙精緻的側顏。

許彌收回目光，心中驚疑不定，琢磨著剛剛出現在腦海中的『絕對聽覺』是什麼情況。

這時，外面的校長再次開口。

「林院長，有個問題想請教下，聽說戰院那邊有個沒公開的規矩，招生不分時限和年級？我這邊高一高二也有幾個好苗子，要不要待會兒帶您看一眼？」

「理論上是這樣，畢竟是修行大學，跟其他學校有所不同，不過我們大多還是會遵循從高三這個群體招生的原則，年齡太小，心理不夠成熟，所以……」

「明白明白，是這個道理，孩子太小，確實不夠成熟。」

第一修行大學，完全自主招生的戰院？

許彌腦子裡突然冒出個很強烈的念頭，直接從座位起身，打開後門出來，走廊裡正在聊天的三人下意識將目光投向他。

許彌露出個陽光燦爛的笑容，先是對著校長微微欠身。

「校長好。」

「是許彌啊，聽說你最近狀態不大好？別有太大壓力，考試的時候正常發揮就行。」

對這位學校的尖子生，校長不僅認識，還寄予厚望，不是誰都能上修行大學，能考上國內一流大學的學生，學校同樣也很重視。

許彌點點頭應了一聲，隨後看向一旁的林瑜，心說果然是老媽的偶像，那個舉國聞名的女人。

一百七十公分左右的身高，面容精緻，肌膚雪白，穿著一身黑色小西裝，內襯白色蕾絲襯衫，標準的職場打扮。

一副無框眼鏡略微遮住幾分眸光中的銳利，身上散發著淡淡的疏離氣息，給人一種只可遠觀，難以親近的感覺。

「林院長好，我叫許彌，是高三二班學生，我想請問一下，現在還可以報名參加戰院的選拔嗎？」

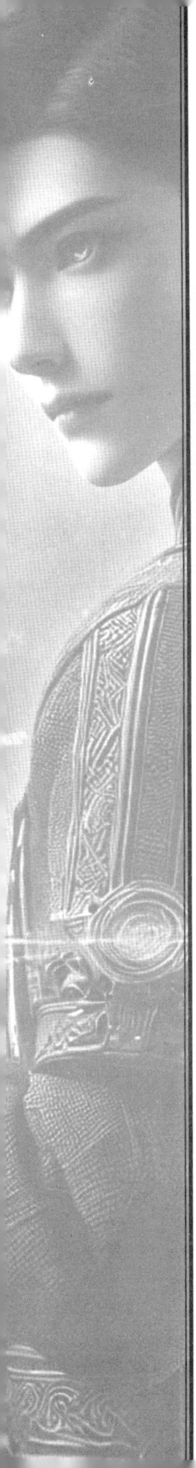

第二章

意外

校長和老方都愣住，有些無語地看著許彌，倒沒懷疑剛剛談話被許彌聽到，只覺得這小子突然有點不知輕重。

就算可以，你進得去嗎？

老方微微皺了下眉，低聲問道：「許彌，你要幹什麼？」

許彌沒說話，只目光熱切地看著林瑜。

林瑜平靜地看著他，道：「你想報名？」

許彌用力點點頭，道：「想！」

校長連忙在一旁有些緊張的開口道：「抱歉啊，林院長，小孩子不懂事，您別和他一般見識，許彌同學修行資質一般，但學習很好，考其他名校不難，不過不太適合戰院……」

林瑜哦了一聲，看向許彌道：「這位同學，進戰院需要很高的修行天賦，特招要求更加嚴格，如果你只是文化課好，還是建議去考其他學校。」

這會兒，許彌也覺得自己有些衝動了。

或許因為『戰院』招牌太過響亮，也或許是夢境中的經歷太過真實，讓從小就無比渴望可以成為修行者的他生出一股我也可以的自信，在聽到他們聊天內容後，沒多想就出來了。

不過既然都出來了，許彌索性一臉真誠地看著林瑜。

「如果對秘境知識瞭解特別深，也不可以嗎？」

這話一出，老方都想上手把這個小傢伙直接拖走。

你知不知道你是在跟誰說話啊？這是秦國最年輕的宗師，第一修行大學最年輕的戰院副院長！

出身名門，貨真價實的超凡強者，年紀輕輕就已經在現實秘境和虛擬社群雙雙打出赫赫威名的天之驕女！

你一個沒什麼天賦，秘境門兒朝哪邊開都不知道的人，在她面前說對秘境知識瞭解特別深？班門弄斧你也得是個木匠吧？

這會兒，校長也有點呆滯，現在的小傢伙，一個個天不怕地不怕，都跟愛現鬼似的，自來熟的很，但是他是真怕惹得這位不高興。

「許彌……」

校長開口，打算攆人了。

林瑜此時卻彷彿對這個膽子很大的學生有了幾分興趣，看著許彌問道：「那你說說，你都對哪方面知識有很深瞭解？」

許彌想了想，表情有些為難道：「一時半會說不完，要不您考考我？」

譃！真是越來越沒譜了，校長跟老方都滿臉黑線。

林瑜卻點點頭，丟出個哄小孩兒的簡單問題。

「進入秘境的第一要務是什麼？」

「活著。」

「精神系生物應當如何預防和斬殺？」

「使用隨身雷達隨時掃描，佩戴特殊通訊耳機隔絕外部聲音，靈力要是足夠強也可以運行精神類功法，真要斬殺，尋常槍械作用不大，不過可以持續削弱，使用靈力攻擊能快速滅殺但不提倡……」

「為什麼不提倡？」

林瑜收起漫不經心，淡淡一問。

「秘境危險且複雜，最好不要肆意揮霍靈力，否則一旦遭遇更大危機，會讓自身陷入險境，當然，您這種宗師級別的會好些，不過也不能浪費。」

林瑜又丟出幾個特別具體的問題，許彌都對答如流，有些答案在校長和老方看來甚至很扯！

比如許彌說在鬼秘境裡燒香也能解決問題就把兩人聽得茫然，心說你當你是災變前的神棍呢？

但林瑜卻聽得連連點頭，問題也開始不斷深入，涉及面越來越廣，那張原本沒什麼表情的臉都漸漸變得有些生動起來。

林瑜突然看著許彌問道：「你戰網級別不低吧？」

作為虛擬社群中的特殊區域，戰網百分百還原真實秘境，可以在裡面進行戰鬥、歷練、修行精神力等活動。

除了戰網，林瑜想不出還有什麼地方能讓一個高三學生擁有如此豐富的秘境知識，有些甚至不是知識那麼簡單，而是極其豐富的經驗！

其中一些連林瑜都不是很擅長，許彌卻能不假思索給出令人信服的答案，彷彿身經百戰！

哪怕許彌只有練氣一層，林瑜都敢當場拍板把事情定下來。

「偶爾玩一下。」

許彌有點心虛，別說戰網，就連虛擬社群也只在學校上課時才進過，家裡連設備都沒有！

老媽不希望他成為修行者，在這件事上完全不通情理。

林瑜自然不信許彌偶爾玩一下，經驗豐富到這種程度，估計都能去打比賽了！

大概是當著校長和老師不怎麼敢說實話吧？

心裡想著，林瑜將目光投向一旁的老方。

「方老師。」

「林院長您說。」

「許彌同學的修行天賦主要差在哪方面？」

聞言，校長在一旁嘆了口氣。

「我來說吧，許彌悟性肯定沒問題，理解能力也是極強，唯獨差在感氣，高一入校時的測評是……丁下。」

林瑜愣了下，露出愕然表情，合著剛剛您說他修行資質一般還是美化過的？

災變七年那會兒就已經有了完善的天賦測評體系，分別為甲、乙、丙、丁四個等級，每個級別又分上中下，甲等上最佳。

至於丁等下……說白了就是普通人。

「這樣啊。」

林瑜微微皺了皺眉，看向許彌。

「我接下來還有點事情要去處理……」許彌眸光微微一暗，隨後就見林瑜繼續說道：「你有在戰網學習引氣法嗎？」

許彌連忙點頭，夢裡會了，也算學過吧？

林瑜看著許彌道：「那我留個地址給你，下午五點左右……五點半吧，你去那邊，到時我請一位老師嘗試下，看能不能為你開脈。」

這話一出，校長跟老方全都愣住，眼裡隨即露出喜色。

「林院長，謝謝您！」

許彌眼中再次泛起光芒，連忙道謝，而林瑜只是微微搖頭。

「你除了不能修行，其他方面都很優秀，如果能通過開脈方式踏入修行路，未來成就應該差不了，就算最後不能進入戰院，我也歡迎你報考第一修行大學的其他系！」

林瑜拿出通訊器，和許彌互相加了好友。

校長跟老方在一旁羨慕不已，這可是林瑜的聯繫方式，就算最後沒成，只這一個林院長好友身分，就足以讓許彌未來受益匪淺。

看來人還是得膽大心細臉皮厚，機會這東西，有時候得自己主動去創造！

老方有些感慨，感覺學到了，同時也由衷的為許彌感到高興，如果真被第一修行大學的戰院特招，絕對堪稱他執教生涯的輝煌時刻。

一個班級三個人！就要問還有誰？

林瑜在校長陪同下離開，老方一臉感慨地拍了拍許彌肩膀。

「你小子可以！真有你的！加油吧！」

說完，老方昂首挺胸的走了。

許彌目送老方離開，也沒回班級，走出校園上了輛公車，打算回家好好準備一下，順便做做老媽思想工作。

車上人不多，許彌坐在後排靠窗的位置，看著這座一半是文明，一半是空白的城市，有些心潮澎湃，嘗試催動夢中掌握的練氣心法。

片刻後，許彌有些頹然的抿了抿嘴唇，果然只有在夢裡才什麼都有。

夢中心意一動靈氣自來，宛若水到渠成般的順暢，現實的身軀卻像塊永遠捂不熱的冰冷石頭，無論怎樣努力，都無法感知到任何靈氣的存在。

其實這才是正常現象，儘管很多人都說災變後是靈氣復蘇、全民修行時代，可真正能夠感知靈氣，成為修行者的人依然非常少，連百分之一都不到！

許彌的班級之所以能出張麒和唐悅溪兩個，那也是因為重點班的緣故！

學習好的人未必全有修行天賦，但修行天賦好的，絕大多數學習都不會差，就像校長說的那樣，領悟能力不行，學習太差，高深點的修行法都無法領悟理解，那還修個錘子？

所以，但凡從小就被發現有修行天賦的人，在學習方面幾乎都很拼命。

許彌深吸口氣，開始期待下午的見面。

自動駕駛的公車平穩行駛在有些空曠的馬路上，當年那場災變導致全球人口銳減三分之二，科技卻並未因此停步。

絕大多數行業都已實現完全自動化，由智慧系統控制。

科技在進步，但人的活動範圍卻變得極窄，每到節假日旅遊景區人山人海的場景在今天早就成為一個傳說。

哪怕絕大多數初始秘境都已趨於穩定，但意外依然頻繁發生，比如許彌夢裡經歷的那種秘境，就是毫無徵兆出現的。

面對這種情況，強大的修行者都不敢保證絕對安全，普通人一旦遭遇，幾乎必死無疑。

為此，各國都在開闢『安全區』方面進行了巨大投入。

秦國率先做出突破，在破譯大量上古竹簡後，利用靈石和各種材料，成功復原出特殊法陣，可抵禦這種突然降臨的秘境。

像冰霜城這種三線城市，目前已有百分之八十以上區域被成功覆蓋，只剩一些特別偏僻的地方，還在架設當中。

防禦法陣消耗巨大，並且需要維護保養，每年花費在這方面的靈石和材料都是一筆天文數字。

因此與修行相關的行業全都炙手可熱，尤其那些可以進入秘境取得資源的修行者，更是人人嚮往。

而不能修行的普通人，在這時代就很難過了，出城都是件奢侈的事情，乘坐交通工具去遙遠城市旅遊更是想都不敢想。

如此一來，一個安全的，能夠實現社交、工作和娛樂的地方，自然成為無數人的共同追求。

虛擬世界應運而生，成為一片另類『淨土』。

很多人甚至都期盼著科技能夠繼續發展下去，將意識上傳到虛擬世界，實現另類永生，但對有志向的修行者來說，虛擬世界是沒有任何意義的。

再好也是假的！吃喝拉撒總要到現實來解決吧？繁衍後代也不能虛擬生小孩吧？

許彌對虛擬世界沒什麼好感，哪怕沒有母親攔著，他也興致缺缺。

父親當年是用命換來的他和母親活命機會，年幼的許彌眼睜睜看著爸爸被怪物撕碎、吞噬，那種畫面一輩子都忘不了。

許彌從小就在心裡發誓，一定要成為修行者，如今長大成人，那深刻在骨子裡的執念，從未減少半分。

媽媽不希望許彌成為修行者步父親後塵，所以從小就不允許他接觸任何與修行有關的事情，自然不會帶他提前參加測試。

直到上了高中，得知即將進行免費測試天賦前的那一晚，許彌既興奮又期待，幾乎一夜都沒怎麼睡好，反復想著，假如自己天賦好到爆炸，要如何才能說服老媽。

結果很快就被現實狠狠給了一巴掌——丁等下。

許彌和芸芸眾生中的絕大多數人一樣，無法感應靈氣。

走出檢測中心那一刻，許彌感覺天都是灰色的，母親倒是很平靜，安慰他說考個好大學，做個普通人也很好。

懂事的他沒再多說什麼，內心卻始終不甘，如今終於有個機會出現在眼前，無論如何許彌都不會錯過！

「老媽如果知道我想進修行大學的戰院，會不會激烈反對呢？我要怎麼才能讓她同意？跟她炫耀我有林副院長好友？」

母親儘管不希望他成為修行者，但卻很喜歡林瑜！

「對了，回頭還得買套虛擬社群的設備，註冊個戰網，不然將來不好解釋我為何會有如此豐富的秘境知識，總不能說是做夢學的吧？」

冰霜城的初夏陽光溫暖和煦，透過車窗灑在清秀俊朗的少年臉上，那雙清澈眼中，滿是對未來的期待。

就在這時，許彌突然『聽』到附近傳來對話聲——

「上面到底是怎麼想的，把咱們派到這裡幹這件事的目的是什麼呢？」

「想要活得久就少打聽，車來了，發動吧！」

對方說的是秦國話，口音卻有些奇怪。

來不及多想，許彌耳中清晰傳來一陣奇異波動，感覺很熟悉，還沒等他反應過來這是什麼情況，運行平穩的公車突然來了個急剎！

一共只有十幾個人的車廂瞬間有三四個人從座位上跌出去，其他人也都撞在前面的座椅靠背上。

頓時響起一陣慘叫和驚呼，許彌本能的用力抓住前面座椅，身子劇烈前傾。

下一刻，這輛公車原地消失在空曠的路上。

路面監控系統在發現異常之後，第一時間自動上報，冰霜城上空旋即響起刺耳警報聲，所有聽到的人都愣住，這聲音他們不要太熟悉。

秘境突然降臨了！

「林瑜，妳也知道這種事的成功率有多低，除了平白浪費靈力和時間，沒什麼意義。」

此時，離開三中沒多久，正在車裡跟一名銀髮老者聊天的林瑜微微蹙眉，據理力爭。

「成功率低不代表沒有成功過，這個學生跟一般人不同，他……」

正說著，突然響起的警報聲把兩人都嚇一跳。

老者迅速打開隨身人工智慧設備查詢起來，面色有些難看。

「一輛公車被突然出現的秘境吞噬。」

「會不會是咱們目標幹的？」

林瑜邊說邊打開智慧設備，上面顯示出公車消失前的畫面，以及車上乘客資訊，她愣了下，表情頓時凝重起來。

「老師，咱們得過去一趟！」

另一邊，一家綜合超市內，方芸正在悠閒的追劇。

虛擬世界再真實，也得回到現實解決生存問題，所以儘管社區還有另外一家超市，自家的生意也足以維持她和兒子生計。

儘管只有方芸一個人在經營，但進貨、理貨、送貨全部自動化，倒也談不上辛苦，如果不想待在店裡，甚至可以回家去做別的。

不過方芸喜歡在這邊待著，既有上班的儀式感，又能等兒子放學一起回家。

聽見外面的警報，方芸嘆了口氣，喃喃道：「不是說已經安全了嗎？怎麼又來？車上的人可真倒楣……」

話沒說完，整個人便突然呆住了。

眼前螢幕上不僅出現了公車失聯前的畫面，還有以文字滾動形式給出來的乘客資訊——許彌，十八歲，冰霜城三中，高三二班……

接著方芸就看見畫面中坐在後排靠窗位置的兒子，陽光帥氣，似乎正在沉思。

方芸眼前一黑，差點暈過去，整個世界彷彿都在這一刻變得支離破碎。

隨後，方芸瘋了似的衝出超市。

秘境內，天空陰沉，四周一片死寂，公車裡所有人都被這突如其來的一幕嚇傻了。

接著傳來一陣輕輕的抽泣聲。

許彌尋聲望去，見是個五六歲的小女孩，穿著粉色公主裙，頭上別著蝴蝶髮夾，懷裡還緊緊抱著個小熊玩偶。

應該是被嚇壞了，小肩膀一顫一顫，正在壓抑的哭，身旁一個年輕少婦摟著她低聲安慰。

「寶貝不怕，會有人來救我們……」

只是少婦聲音都是顫抖的，側面看去，她額頭還起了個大包，一片紅腫，應該是剛剛車子急剎時撞的。

許彌也有些緊張，畢竟在現實還從來沒經歷過這種事情，不過內心同時升起一股更加強大的信念，讓他瞬間冷靜下來。

許彌知道，那是屬於夢裡那個他的情緒！

起身離開座位，開始四處張望，試圖尋找趁手工具，可惜這種城內交通工具上沒有消防斧這種具備凶器屬性的東西，破窗的安全錘根本沒用。

一個四十多歲的中年人從地上爬起來，小心翼翼順著車窗往外看，壓低聲音說道：「大家不要擔心，城衛軍很快會過來救我們，這車是防彈玻……」

『璃』字還沒說出口，就聽哐當一聲巨響，擋風玻璃碎了。

車裡眾人頓時發出一陣驚呼和尖叫，玻璃破碎瞬間，許彌雙手抓著車裡兩排欄杆，身體淩空而起。

藉助強大慣性，嘭的一聲將一道已經衝進來的影子狠狠踹飛出去！

噭！外面傳來一聲慘叫，眾人下意識將目光投向公車前方，立即都被嚇傻了。

距離車頭十幾米的地方，赫然站著一具僵屍！

一身破舊灰布長衫，長滿白毛的雙手直直平伸，稀疏的頭上留著辮子，面色鐵青，深陷的眼窩裡沒有眼睛，只有兩個洞！

微微張開的嘴巴裡還長著駭人的獠牙，模樣猙獰而又恐怖！

一隻黑貓在僵屍腳邊，正呲牙咧嘴，凶相畢露地望著這邊，剛剛撞破擋風玻璃衝進來，又被許彌一腳踹出去的就是這小東西。

僵屍秘境，課本上學過！

裡面的僵屍雖然不如夢境遇到的鬼怪強大，但在沒有槍也沒有靈力的情況下，想幹掉這麼一個東西，幾乎是痴人說夢。

大多數人在極度恐懼時的反應並非是憤怒，而是渾身無力，胳膊腿跟煮熟的麵條一樣軟，所以車裡這些人基本指望不上，最好的結果就是成功拖到救援人員前來。

許彌深吸口氣，看著那只蠢蠢欲動的黑貓，和暫時沒動，但感覺只要蹦一下就能衝進來的僵屍，思索著如何破局。

按照夢中經驗，想要在秘境生存下去，能遠程就不近戰，能偷襲絕不露面，可惜現在這種情況，除了正面硬撼，沒有其他選擇。

就在這時，車上一個剛剛摔得不輕，還倒在地上沒爬起來的老太太小聲對許彌說道：「小夥子，我這有武器！」

許彌頓時精神一震，一邊警惕的盯著外面那兩個東西，一邊低聲道：「老奶奶，快拿給我！」

老太太傷得不輕，顫巍巍從手邊的布袋裡摸出把巴掌大的水果刀，還滾出幾個紅彤彤的蘋果。

見狀，許彌無語，老太太想把小刀從地上扒過來，或許因為恐懼，也可能是被摔傷沒了力氣，只推出三四十公分，到了那中年人腳下。

許彌看向中年人，中年人雙手死死抓著前面的座椅，哆哆嗦嗦的道：「小兄弟，不是不幫你，我、我動不了，一點力氣都沒有……」

許彌無奈，朝著水果刀方向，一點點向前挪動。

好容易移動到水果刀附近，就在他一邊盯著外面，一邊緩緩矮下身子想要撿取的瞬間，僵屍猛地躍起，隔著十幾米距離，竟一下撲進車裡！

平伸的一雙枯手上，長長指甲鋒利如刀，刺向許彌。

僵屍移動速度相當快，帶著一股腥臭難聞的惡風，黑貓也緊隨其後衝進來，利爪抓向許彌。

正如人對危險有感知，動物在這方面的能力更強，無論僵屍還是黑貓，都意識到這個『鐵皮罐頭』裡面，唯有這人能給他們帶來麻煩！

先解決掉最強的，剩下的都是肉食而已。

一個多月的夢境雖然充滿痛苦和折磨，但也給予了這個十八歲年輕人無法想像的經驗和閱歷！

此刻的許彌，恐懼與從容交織，慌亂和鎮定共存，處在一種十分玄妙的……我應該怕，但又好像不是很怕的狀態。

最厲害的還是戰鬥意識！如同一種本能。

許彌身子迅速一矮，閃開僵屍銳利堅硬的指甲，順勢撿起地上水果刀向上一撩，狠狠劃在牠的脖子上。

嗤嗤！感覺像劃在一顆乾枯老樹的樹皮上，連道傷口都沒能留下。

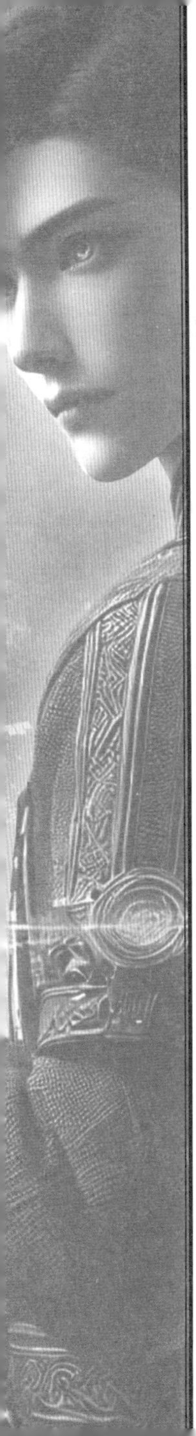

第三章 英雄

刺啦！黑貓一爪子抓在許彌大腿上，劇痛驟然襲來。

許彌一聲沒吭，閃到僵屍身後，重重一腳將黑貓踢飛，他知道留在車裡必死無疑，迅速朝擋風玻璃破碎的前方衝過去，縱身一躍！

嗷嗚！黑貓發出淒厲叫聲，宛若一道黑色影子，迅速追了出去。

車裡人都被嚇傻了，一動也不敢動。

僵屍雖然沒受傷，卻被許彌給激怒，發出一聲嘶吼，沒理會旁人，也從前面跳出去追趕。

許彌繞車而行，腿上傷口在流血，很疼！影響了他本就不算多麼敏捷的動作。

黑貓向他撲來，意識可以閃避，可惜身體做不到。

許彌伸手一擋，兩隻前爪狠狠抓在這只胳膊上，尖利爪子瞬間刺入皮肉，張嘴就咬。

許彌用盡全力，將另一隻手裡的水果刀狠狠捅出去！

噗！刀身沒入黑貓身體，精準命中心臟。

僵屍撲來的細微風聲清晰入耳，許彌甩開黑貓，毫無形象的一個懶驢打滾，這會兒才感覺胳膊傳來一陣劇痛。

殭屍發出憤怒至極的嘶吼，一雙黑洞眼睛死死盯著許彌，身上散發著濃重死氣，直挺挺撲了過來。

許彌就地翻滾閃開，殭屍兩條長滿白毛的手臂深深插進土裡，一擊不中，身體違反物理定律的直挺挺起來，再次撲向許彌。

許彌再滾，動作很難看，人也狼狽至極，但卻奇跡般的暫時拖住這殭屍！車裡人全都緊張不已，心也提到嗓子眼兒。

隨著殭屍一聲聲嘶吼，遠處開始不斷傳來同樣難聽而又恐怖的嘶吼聲。由遠及近，許彌最先聽見，不由有些焦急起來，絕對聽力讓他耳朵如同雷達般靈敏。

能在一隻殭屍的攻擊下存活已是僥倖，這還是仗著夢境獲取的經驗，又占了對方動作僵化的便宜，如果來一群，許彌和所有人都必死無疑。

「我終究不是夢裡的那個我。」

許彌咬著牙，打算爬起來跑遠點，帶走這群殭屍。

就在這時，一道雪白劍光驟然亮起，撲向許彌的殭屍剎那身首分離！

屍體沿著慣性繼續向前撲，依舊平伸的胳膊插進並不鬆軟的泥土裡，腦袋嘰哩咕嚕滾到一旁。

兩隻黑洞眼睛正對著許彌，長著獠牙的嘴巴還在一張一合，他拼盡全力都無法劃出一道傷口的乾枯脖子上，斷面整整齊齊！

帶著無框眼鏡的林瑜面無表情地提劍站在那兒，淵渟嶽峙，英姿颯爽。

接著就聽遠處傳來一陣淩亂的嘶吼聲，還能聽到細微的劍氣割裂虛空聲音，但很快恢復平靜。

頭髮像剛從水裡撈出來的許彌躺在地上大口喘氣。

「幸虧您來了，再晚一會兒，我就堅持不住了！」

林瑜看向胳膊和腿都被鮮血染紅，渾身泥土，狼狽得幾乎沒人樣的許彌，鏡片背後的眼裡露出欣賞之色。

一個全無靈力的少年，能克服內心恐懼，鼓起勇氣跟恐怖僵屍周旋，成功拖到救援前來，說是奇跡也不為過。

畢竟這不是虛擬社群的戰網，那裡再怎麼真實也都清楚是假的，和外面秘境終歸不是一回事。

死在這，那可就是真的死了！

一旁身上插著水果刀的黑貓屍體更是讓林瑜都有些動容，與僵屍伴生的靈貓，異常凶殘，對普通人來說是噩夢般的存在，居然被他幹掉了……

林瑜從身上取出一顆丹藥，蹲在許彌面前。

「你的傷得出去處理，先把它吃了，免得受感染。」

「林院長，這種莫名降臨的秘境，會不會是人為的？」想到事發前聽見的對話，許彌提醒了一句。

林瑜愣了一下，隨後回答許彌。

「如果是的話，他們跑不掉，先把藥吃了。」

許彌聽話的張嘴吞掉丹藥，隨後有種強烈的眩暈感襲來，剛剛他腎上腺素可能都快爆表了，這會兒鬆弛下來，加上血流的有點多，頓時有些頂不住，但還是強撐著。

「對了，開脈的事兒？」

「放心吧。」

林瑜安撫了一句，隨後許彌兩眼一閉，終於放心的昏迷過去，再醒來已經是在醫院，沒看見林瑜，倒是一眼看見坐在床邊的方芸。

「媽，妳怎麼在這？」

許彌聲音沙啞的開口，方芸見兒子醒來，紅腫的眼中頓時露出驚喜。

「兒子你醒了？有沒有感覺哪裡不舒服？林院長說她給你用了最好的療傷

藥，很快就會恢復，連疤都不會留下，也不會影響過幾天的考試，還有她竟然說你是英雄，救了一車十幾個人……」

許彌無語，老媽不是喜歡嘮叨，她只是被嚇壞了，有些應激反應。

「媽，妳別擔心，我沒事了。」

許彌抓過方芸有些微涼的手安慰，方芸不再說話，就這樣定定看著許彌，用力反握住他的手，淚水順著眼角慢慢流到臉頰上。

良久，方芸才哽咽著道：「媽都快被嚇死了……」

這時有人輕輕推門，林瑜和一名老者走進來，方芸立即起身，胡亂擦拭幾下眼角，眼裡滿是感激，舉止又有幾分局促。

「林院長，太感謝您了，剛剛都沒來得及好好謝謝您……」

方芸做夢都沒想到，救下兒子的人居然會是林瑜，有種很強烈的不真實感。

至於林瑜說許彌表現英勇，救了一車十幾個人，她是不信的，兒子什麼樣，當媽的還能不瞭解嗎？

「阿姨妳好，這位是黃嶽黃教授，和我一起過來探望許彌同學。」

「謝謝，真的謝謝你們！」

方芸再次被淚水模糊了雙眼，深深給兩人鞠躬。

順著沒關上的門注意到外面走廊似乎來了很多人，方芸有點不知所措，不知該不該邀請那些人進來坐坐，除了感謝，她不知道自己現在應該說點什麼。

林瑜語氣柔和的道：「阿姨，不用客氣，我也正好有事情要找許彌。」

方芸回道：「哦，好、好的，那你們聊。」

方芸不清楚這位年輕的大人物找兒子幹什麼，但只要許彌沒事就行。

「就在這吧，黃教授時間有些緊張。」

林瑜看向許彌，而許彌慢慢從床上坐起來，眼裡露出幾分期待。

方芸有點疑惑地看著這一幕，於是許彌便開口解釋。

「媽，林院長和黃教授打算幫我打開氣脈，看有沒有機會成為修行者。」

方芸臉色微微一僵，雖然有外人在場，但還是下意識皺起眉頭。

兒子怎樣都行，唯獨修行她是反對的，能力這種東西錐處囊中，但凡擁有，是藏不住的。

來的路上方芸就在想，要是兒子出點什麼意外，她也不活了，在心裡祈禱，求死去的丈夫和諸天神佛保佑，發誓如果這次兒子沒事，以後堅決不允許他去任何危險地方！

「不行！我不同意許彌修行！」

「媽……」

「你別說話！」

方芸一口回絕，她像個護崽的老母雞，把許彌擋在身後，一臉堅決地看著林瑜拒絕。

「對不起，林院長，你們救了我兒子，叫我當牛做馬報答都沒問題，唯獨這件事，我不能答應！」

她和丈夫保證過，一定要讓許彌平平安安。

見狀，林瑜看了眼身旁老者，老者沉默不語。

許彌從床上下來，儘管傷口依然很疼，但還是忍著沒出聲，輕輕把手臂搭在方芸肩上，對著林瑜和老者露出個歉意的笑容。

「林院長，黃教授，真不好意思，能不能讓我跟我媽聊聊，幾分鐘就好。」

林瑜微微點頭，和黃嶽退出房間，輕輕把門帶上。

方芸鐵青著臉，卻也害怕碰到兒子傷口，站在那裡沒動，態度相當堅決。

「許彌，你應該知道……」

「媽，我都知道，但能不能先聽聽我的想法？如果我說完您還不同意，那就聽您的，去考其他大學，再也不想修行的事情。」

許彌當然不會放棄修行，但也不想傷了母親的心。

「你說什麼我都不會答應。」

「您先聽我把話說完嘛。」

許彌把方芸扶到椅子上坐下，自己也坐在床邊。

「我知道爸的死在妳心裡是個永遠解不開的結，但有件事您想過沒有？如果不是他稍微有點修行底蘊，咱倆當年就死了。」

方芸眼裡迅速泛起一片晶瑩，用力抿著嘴唇，沒有反駁。

「您不想我出事，不希望我修行，您認為只要我始終在安全區活動，上大學也是在虛擬世界，未來工作都在虛擬社群，這樣就可以避開危險，可是媽，今天的事情您怎麼解釋？」

說著，許彌又接著勸導方芸。

「我只是坐公車回個家，行駛在安全區域，但秘境還是突然降臨了，要不是林院長及時趕到，我現在已經屍骨無存。」

方芸在兒子說屍骨無存時身體微微顫了下，輕聲否定。

「這種事情終究不是常態。」

「確實不是常態，但誰也保證不了它不會再次發生對吧？這次我和全車人都很幸運，下次還會這樣幸運嗎？」

許彌一臉認真的看著方芸，循循善誘的解釋。

「其實您心裡清楚，只是不願意接受，一想到自己兒子能修行，未來就一定會去面對那些危險，可我一點修為都沒有，更不能保證安全，而且我也沒什麼天賦，就算能修行，未來最多也就是從事與修行相關的行業，想進秘境也沒人願意帶個拖油瓶。」

「能認識林院長，得到這樣一個機會，對我來說非常難得，假如我現在就是個修行者，今天看到新聞的時候您就算依然會擔心，但至少不會覺得天都要塌了，媽，逃避終究不是解決問題的方法。」

許彌說完，方芸久久沉默著，她不是那種拎不清的人，當然清楚兒子這番話很有道理。

儘管方芸不清楚林瑜這種大人物為何會突然賞識起自己這個不能修行的兒子，專門請人為他開脈，但這是千載難逢的躍龍門機會她還是懂的。

只是這麼多年一直堅持的東西，又哪有那麼容易打破？

「媽知道你從小就想成為修行者……」頓了頓，方芸又喃喃道：「三年前得知你天賦檢測丁等下，我甚至還有點開心，因為你的性格媽知道，只要有能力，就一定不會老老實實待在家，更不會甘於平庸。」

方芸目光溫柔的看著許彌，又繼續道：「只是媽不想你難過，才沒表現出興奮，你去上學後，我專門給你爸燒香，感謝他的保佑，我也一度認為只要待在安全區，就不會有危險，可今天真的嚇壞我了，你爸已經走了很多年，媽在這世上就剩下你，如果你再有什麼意外，媽找不到活著的理由。」

聽到這話，許彌鼻頭發酸，眼眶也微微有些濕潤起來。

方芸看著他，眼裡有欣慰也有釋然。

「你長大了，性格很像你爸，從不缺乏面對危險的勇氣，這些年我也常常在想，如果他當年修為能夠再高一點，是不是我們一家三口現在還會幸福的生活在一起？」

方芸眸光黯然的輕輕一嘆，有些事情兒子並不清楚，丈夫當年救的何止他們母子二人？而許彌和他爸一樣，都是那種有擔當，敢在危險來臨之際主動站出來的人。

如果自私一點，如果只是個普通人，當年災難降臨的時候，他們或許有機會第一時間逃離的……

所以她希望兒子不要那麼有能力，當個普通人就挺好。

可惜命運這東西，從不會以個人意志為轉移，兜兜轉轉，終究還是要面對。

「既然你堅持，那就試試吧，像你說的，以後從事相關工作也不錯。」

許彌鬆了口氣，他知道並非自己說服母親，而是今天這場意外，讓她終於想明白一件事。

沒有自保能力的普通人，面對這種突然發生的危險，實在是太脆弱了！

「媽，謝謝您的理解。」

方芸幽幽嘆口氣，作為女人她有種直覺，許彌一旦踏上這條路，就絕不可能只是從事相關工作那麼簡單，否則林瑜那種身分地位的人，憑什麼會對兒子另眼相看？

只是兒子已經長大，有了獨立的思想，她再怎麼不情願，也不能一直攔著，兒子懂事不願忤逆她，她又何嘗想當個不明事理，令人討厭的媽？

此時，醫院走廊裡聚集著很多人，三中校長和老方都過來了，還有很多冰霜城官方人員。

方芸剛一打開門，就見外面的人全都對她露出善意笑容。

「許媽媽，妳兒子真優秀！」

「許彌是個英雄，能培養出這樣的兒子，妳這做母親的厥功至偉！」

「要不是許彌，那一車十幾口人可就都沒命了，那可是十幾個家庭啊！」方芸愣在原地，腦海中兒子的形象漸漸跟很多年前那個男人重疊到了一起。我的丈夫是英雄，兒子也是，但我不希望他是。

面對這種情況，方芸多少有點茫然，也不知道說什麼才好，只能對著眾人點點頭，露出有些拘謹的笑容，隨後歉意的對林瑜和黃嶽開口。

「不好意思，你們請進吧，我出去給他買點吃的。」

隨後，又和這裡唯一認識的許彌班主任老方打了個招呼後，便快步離開。

直到現在，方芸腦子都依舊亂哄哄的，想不通自己只有長相和學習成績拿得出手的兒子，憑什麼就救了一車人？

結果走出沒多遠，都還沒到電梯口，就被這邊一群人給圍住。

一個五十多歲的女人小心翼翼問道：「您是許彌同學的媽媽吧？」

方芸輕輕點頭，道：「我是，大姐您有什麼事嗎？」

女人撲通一聲跪下，控制不住的哭道：「謝謝您兒子救了我媽，要不是他，我媽今天就沒了！」

方芸連忙把她扶起來，周圍一群人全都一臉感激的開口，有說許彌救了自己兄弟的，有說救了他妻女的。

方芸回頭往兒子病房方向看了一眼，一群冰霜城官員依然安安靜靜，面帶微笑的候在那裡，沒有一絲不耐煩。

另一邊，病房裡，許彌對林瑜跟黃嶽表達了歉意。

「我爸也是修行者，很多年前為了救我和我媽，慘死在突然降臨的秘境裡，我媽從此留下心理陰影，不過今天發生的事情也讓她想通了，所以請放心。」

許彌主動解釋了一句，不希望眼前兩人對母親留下不好印象。

林瑜將目光投向黃嶽，說道：「可以理解。」

黃嶽似乎是個不苟言笑的人，看著許彌說道：「我可以嘗試幫你打開氣脈，但是能不能成，最終還要看你自己。」

許彌立即致謝道：「讓您費心了。」

黃嶽指了指一旁的椅子，說道：「去那坐好。」

許彌走過去坐下，其實這會兒胳膊和腿上的傷口依然很疼，不過隨著這場戰鬥，他似乎跟夢境中的自己融入更深了。

面對這種『小傷』，忍耐度極高！但在外人眼裡，他這個年紀能做到這種程度，已經足以令人敬佩。

黃嶽走到許彌身後，道：「我會從你頭頂百會穴開始，但你要清楚，開啟氣脈不是鬧著玩的，過程中會產生劇烈疼痛，如果忍受不了，一定要出聲告訴我。」

許彌沒有吹噓自己很耐操，客氣的道：「知道了，黃教授，讓您受累了！」

黃嶽沒再說什麼，看了眼林瑜，林瑜點點頭，走到門口打開門，對走廊眾人說道：「麻煩你們先回避一下，黃教授要為許彌開脈，這裡需要保持安靜。」

眾人都是一愣，黃教授和林院長親自過來，合著不是簡單探望，而是要幫人開脈？

這小子怕是要發達啊！這是絕大多數人腦子裡冒出來的第一想法。

知情的校長和老方一臉興奮與期待，跟這些冰霜城官員一起，朝著依然被人圍著的方芸走過去。

聰明的已經加快了腳步，拯救十幾人的少年英雄母親，和拯救十幾個人，被林瑜看中，又被黃教授親自開脈的少年英雄母親，分量完全不一樣。

萬一真幸運的『開出』個修行者，那就更不一樣了！

林瑜把門關好，守在外面護法。

黃嶽將手放在許彌頭頂，提醒道：「放鬆，開始了。」

許彌沒說話，放鬆身心，瞬間進入狀態。

黃嶽微微一怔，修行者對氣機感應最是敏銳，許彌這會兒狀態簡直太棒了，哪裡像個不能修行的普通人？戰網裡的虛假修行也能達到這種程度？

黃嶽收斂心神，運行心法，催動體內磅礡靈力，順著手掌往許彌百會穴緩緩灌注而去。

所謂開脈，是指通過外力介入方式，將靈力導入對方體內，而這只是第一步。

接受者需要通過修行心法先『捕捉』到這道靈力，然後進行引導，再通過這道靈力溝動外界靈氣，直到內外共振，生生不息，至此，才算真正開脈成功。

聽上去似乎很簡單，實現起來卻相當困難！

不僅需要被開脈的人擁有極高悟性，熟練掌握修行心法，還得有練氣四層才具備的『入微』能力。

而具備這些能力的幾乎都是修行者，又哪裡需要別人幫著開脈？不能修行的人想要掌握修行心法，唯有虛擬世界戰網這一條途徑！

林瑜之所以默認許彌可以接受開脈，也是因為誤會他在戰網級別很高，但在黃嶽看來這多少有些離譜，他就沒見過有哪個普通人，能先在戰網裡面『虛擬修行』到很高境界，回頭在現實中成功開脈。

因此林瑜提出這個想法時，黃嶽是拒絕的。

開脈有危險，那種痛苦也非一般人所能忍受，看上去只是往對方身體輸入一點靈力，但對施術人的損耗卻相當大！

這不是打架，哐哐往外輸出靈力就完了，給人開一次脈，相當於全程用靈力做一場微觀世界的大手術！

最後，也是最重要的一點，絕大多數被開脈的人，就算體內多了一絲靈力，後續也完全感應不到，很快就會散去，純粹白費功夫！

黃嶽不介意損耗點靈力，但不想做無用功，尤其他來這邊也是有任務的，需要保持狀態。

剛剛在那處突然降臨的秘境裡看到許彌所作所為，多少有些動容，覺得這少年不錯，值得出一次手，不過依然覺得成功的可能性不大。

直到現在，黃嶽才終於重視起來，這少年修行狀態真的太好了，而且韌性十足，身上的傷都還沒好，隨著靈力注入別說喊疼，動都沒動一下。

這說明許彌可能不僅僅只是戰網級別高那麼簡單，唯有身經百戰，甚至經歷過生死，才能對『刮骨療毒』般的疼痛面不改色。

難道這小子真能成？這些年黃嶽親自開脈的人不多，但見過、聽過的一大把。

不少無法感氣的權貴子弟都希望通過這種方式成為修行者，結果卻成功者寥寥，絕大多數都是靈力剛一注入，就開始呲牙咧嘴的喊停。

曾經有個大戶人家的年輕貴婦為了保持容顏，請人為自己開脈，結果連半分鐘都沒挺過就哭著喊停。

事後心有餘悸的說之所以想要試試，是因為生過孩子，覺得沒什麼比那更疼，結果沒想到開脈比生孩子恐怖多了，簡直像千萬根針同時刺進腦子裡，身體都要被撕裂，忍不了一點！

而許彌不僅沒有任何反應，甚至還在『貪婪』的吸收著他的靈力！

身為點星多年，已經無限接近映月的高級宗師，黃嶽可以清楚感知許彌此刻狀態。

這哪是個無法感氣的普通人？即使是出身名門的林瑜，剛開始修行那會兒也達不到這種程度吧？

隨著時間推移，黃嶽漸漸有些吃力了。

小兔崽子似乎把他當成大號靈石，也沒個輕重，吸起來沒完沒了，他還不敢強行中止，否則容易傷到人。

許彌這會兒太爽了！像乾渴的人見到了水，饑餓的人撲在麵包上……彷彿回到夢裡修行的場景，順暢無比。

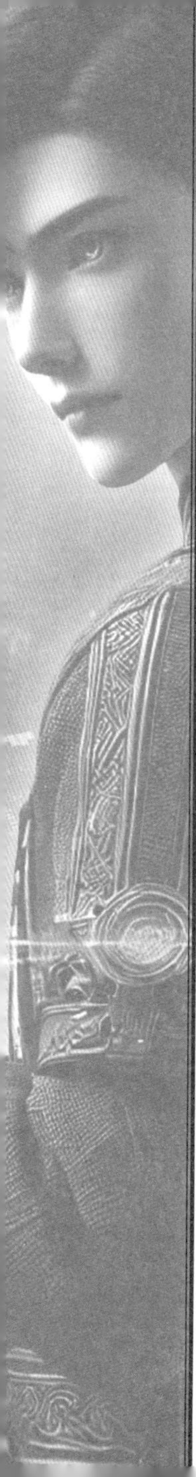

第四章 太乙蓮花經

許彌整個人進入到一種空明狀態，直到他感覺黃嶽放在自己頭頂那只手開始微微顫抖，這才回過神來，趕緊停止運行心法。

黃嶽鬆了口氣，差點被這小東西給搞死！

許彌精神抖擻站起身，想要表達對老人家的感激之情，這可是自己修行路上的引路人，璀璨的燈塔啊！

結果卻見『燈塔』前輩面色蒼白，滿頭銀髮濕漉漉，汗水滴答往下流淌，一臉的疲憊。

林瑜推門進來扶住黃嶽，有些驚疑不定地看著許彌。

她不清楚發生了什麼，也不知道是否成功，只知道許彌從頭到尾沒喊疼，然後沒過多久，黃老師好像就有點堅持不住了。

林瑜有些費解，開脈雖然很耗靈力，但以老師的實力應該不至於啊？

林瑜關切問道：「您沒事吧？」

黃嶽輕輕擺了擺手，對她說道：「關門，開場域。」

林瑜微微一怔，但還是下意識開啟宗師場域，此時房間裡的任何聲音都無法傳遞到外面，不過許彌還是能夠聽到走廊遠處那些人正在恭維自己老媽的聲音。

林瑜看向黃嶽，問道：「老師，許彌他……」

許彌也有點不好意思，歉意的道：「黃教授對不起，真是辛苦您了。」

黃嶽深吸口氣，面色如常的道：「沒事！這小子是個天才！」

許彌愣住，我，天才？

林瑜也有點茫然，疑惑道：「他，天才？」

黃嶽一臉認真的說道：「雖然不清楚是什麼原因導致他不能感氣，但修行天賦絕對是一流，至少甲上！」

聞言，林瑜有些不敢置信。

黃嶽說道：「許彌，你試著運行一下心法，看看效果如何？」

許彌點點頭，道：「好的。」

許彌當著兩人，再次進入到那種極度鬆弛的狀態，把林瑜看得一呆，黃嶽看了眼林瑜，知道自己這個寶貝學生也看懂了。

許彌運行心法，催動體內靈力，身上氣場瞬間為之一變，可下一刻他就有些愕然地睜開眼，滿臉疑惑的看著兩人。

「我可以運行、引導體內靈力，但還是不能感知到外面的靈氣！」

兩人頓時有些傻眼，許彌沒有理由撒謊，這種情況過去聞所未聞！

黃嶽顧不上疲憊，一把抓過許彌手腕，像中醫號脈一樣認真感知著。

半晌，黃嶽皺眉嘀咕道：「真是邪門了，體內已有靈力，不僅沒消散還十分澎湃，說明開脈已經成功，但為什麼無法感知外界靈氣？」

還有句話黃嶽沒說，許彌體內的靈力波動，應該都到練氣一層了，就算是他主動給的，換做一般人也根本不可能有這麼快。

說明這就是個修行天才！剛剛瘋狂吸收他靈力的狀態足以讓九成九的修行者都望塵莫及！

這種人，只要給他足夠的資源，境界保證會突飛猛進，甚至可能成長為下一個林瑜！

林瑜蹙眉道：「這怎麼辦？難道每次修行都需要別人給他輸入靈力？」

黃嶽嘴角頓時微微一抽，且不說有沒有人願意通過這種方式培養他，這小子跟修煉了吸星大法似的，誰敢給他輸入啊？

黃嶽開始認真思索起來，良久，腦子裡突然靈光一閃，疲憊臉上露出興奮。

「我想我知道原因了！」

許彌一臉希冀的看向黃嶽，明明體內已有靈力，且形成修為，但卻依然無法感知外界靈氣，著實令他有些心焦。

至於林瑜說的那種方式，許彌想都沒想過，他只是個沒背景的普通人家孩子，誰會願意通過這種犧牲自己的方式來『餵養』他？憑什麼啊？

林瑜看向黃嶽，眼裡也有幾分期待。

黃嶽看著許彌問道：「你是不是從小就能看到別人看不到的東西？」

許彌有些愕然道：「您怎麼知道？」

他的確從小就能看到各種奇奇怪怪的東西，時間可以追溯到他還不怎麼記事的時候。

路邊溜達的、樹上掛著的、河邊、車禍現場徘徊的，不斷跳樓的……至於墓地那就更熱鬧了。

當時太小不知道怕，跟媽媽說過，但方芸根本不信，等到了知道害怕的年紀，也早就習慣了。

畢竟跟更可怕的秘境比起來，他看到的那些東西也算不了什麼。

黃嶽嘆了口氣，道：「你之所以不能感氣，並非沒有修行天賦，而是天生精神力異於常人，說白了就是精神力太強，與肉身難以融合，放在災變前，算是頂尖的通靈體質。」

說著，黃嶽有些遺憾地看著許彌。

「你如果從小習武，不，哪怕是特別喜歡運動，肉身也早就與神魂完美融合了！」

許彌無語，以老媽這些年一以貫之的態度，怎麼可能讓他習武？

至於運動就更搞笑了，小時候城市連個安全區都沒有，朝不保夕的，哪個家長敢放心讓自家孩子出去玩兒？

林瑜在一旁問道：「他現在已經長大成人，習武有點來不及了吧？」

黃嶽嘆息道：「確實是晚了，就算現在開始，未來成就也有限。」

許彌感覺像有一盆冷水澆到頭上，希望再次破滅了，饒是他膽大心細臉皮厚，是個樂觀的人，這會兒也不免有些心灰意冷。

進不去戰院就進不去吧，反正已經認識了林瑜，回頭報考一大其他系，老天爺餓不死瞎家雀，以後勤加鍛煉，自己慢慢修行便是了。

許彌起身給林瑜和黃嶽分別鞠了一躬，說道：「感謝林院長和黃教授給我這次機會，可惜讓你們失望了，我還是回去複習吧，就不耽誤您二位寶貴時間了……」

說著，許彌就要往外走，眉梢眼角滿是遺憾。

林瑜自然瞭解自己老師，知道肯定有辦法，但故意沒說，忍不住有些嗔怪的看了一眼過去。

黃嶽有些急了，說道：「你等等！我說完全沒辦法了嗎？你這孩子性子怎麼這麼急呢？」

許彌一臉真誠的看著黃嶽，說道：「黃教授，您為了幫我開脈已經消耗巨大，我心裡特別過意不去，都不知該如何報答您，哪還敢讓您再多費心？我一個窮學生，也沒能力還這份人情……」

「誰說我消耗巨大了？沒有的事兒！」黃嶽矢口否認，又道：「還有，我這是在為國家培養人才，誰要你一個小屁孩還人情？趕緊給我回來坐好！」

許彌老老實實回來，正襟危坐，黃嶽把人喊回來，一臉正色的解釋。

「你的問題的確有辦法解決，但我也不敢保證百分百能成，最終還是要靠你自己！」

許彌一臉乖巧地聽著，並未插話。

「我們曾在一座古墓裡面，發掘出一篇記錄在竹簡上的經文，準確說是半篇，還有半篇不知所蹤。」

「老師您說的……難道是太乙蓮花經？」

林瑜像是突然想到什麼，開口詢問，隨後就見黃嶽肯定的點點頭。

「就是那篇經文。」

林瑜欲言又止，別看她是戰院副院長，年紀輕輕位高權重，而黃嶽只是戰院教授，似乎不如她，實際老爺子的能量超乎想像的大，暗地裡的職位也比她高得多！

如果有他老人家擔保，說不定真能拿到那半篇經文，可這樣一來，許彌就必須得成為那個部門的人才行。

不說許彌是否有資格進入，他媽恐怕也不會答應，一個連修行都反對的人，會願意兒子未來經常面臨生死危機嗎？

「相傳哪吒將肉身精血還給父母，師尊太乙真人為他以蓮花重塑肉身，這才有了後來的三壇海會大神……」

黃嶽突然說起一段神話傳說，他看著許彌解釋。

「災變前所有人都覺得這就是個故事，但根據我們研究，這篇經文如果是完整的，真有可能為靈魂重塑肉身，現在雖然只有半篇，缺少『引魂入體』那部分，但也是頂級的鍛體安魂經文，你若能將其參悟，不僅可以解決自身問題，還會有莫大造化！」

許彌內心有些震動，眼裡露出希冀。

黃嶽頓了一下，繼續說道：「只是想要修煉這篇經文，你得加入一個特殊部門，需要隨時為國赴死，你願意嗎？」

說著，黃嶽看了眼林瑜，她低垂眼瞼，沒有做聲。

這分明是個一飛沖天的機會，偏叫您說得如此恐怖，看來剛剛確實消耗巨大，這會兒是在故意戲弄許彌吧？

當然，這是玩笑話，她知道老師主要是想考驗下年輕人的心性。

「這個部門是軍方的嗎？」

思索片刻，許彌問出第一個問題。

「算是吧，不過是獨立部門，和你認知的軍方沒有直接統屬關係。」

林瑜在一旁解釋，其實她沒說，這個部門地位很超然。

「您也是那個部門的？」

許彌看向林瑜，她輕輕點頭。

「以當下的科技水準，能造出可『培養』的智慧克隆人嗎？」

許彌又問出第二個問題，這個問題其實已經涉密了。

「可以。」

黃嶽沒猶豫，給出了答案。

「那我願意！」

許彌做出決定後，黃嶽又問了一句。

「不和你媽商量一下？」

「如果災變發生時就有防禦法陣，我爸不會死，如果現在沒有防禦法陣，我隨時可能會死，我媽的確不希望我走上這條路，但是她對秦國修行者向來心存敬意和感激，從小就教育我要懂得感恩。」

許彌坦誠的看著二人，繼續解釋。

「今天進秘境救人的不止您二位，還有很多城衛軍，他們也有父母孩子，我如果註定不能修行，那就老老實實做個普通人，但如果給我這個機會，我可以和你們、他們一樣。」

說著，許彌露出個陽光燦爛的笑容。

「真要不幸犧牲，能把我媽安撫住就可以，我只是怕她傷心難過。」

聞言，黃嶽又繼續追問。

「你不怕？」

「也有點，但我更怕保護不了自己和親人。」

林瑜看著許彌，鏡片上顯示出的平穩數值和那雙真誠的眼睛可以基本斷定他沒撒謊，並且這少年有著超越年齡的成熟與穩重。

無論是秘境相關知識和經驗，還是面對生死危機時的臨危不亂，都是難能可貴的優秀品質。

只要解決掉不能感氣的問題，就能成為真正的修行者，加上老師和她擔保，的確有資格進入那個部門。

黃嶽也終於露出一絲笑容，微微點點頭。

黃嶽看向林瑜道：「許彌，於秦曆二零四五年六月三日晚成功開脈，經檢測，天賦乙下，因在突然降臨的秘境中表現英勇，拯救十餘人，展現出過人勇氣和智慧，今被第一修行大學戰鬥分院特招。」

林瑜點點頭，她知道這將記錄到許彌的公開檔案當中，至於為什麼是乙下，那是因為一大戰院最低招生標準就在這。

特招理論上需要甲等，但也並非完全沒有例外，黃教授不希望許彌的真實天賦暴露出去。

交代完，黃嶽接著說道：「今天發生的事情不要外傳，從今後，許彌你就是一個被我開脈成功，天賦檢測乙下的戰院學生。」

許彌知道這是對他的保護，心情有些激動，點頭答應下來。

黃嶽說道：「今天就到這吧，林瑜妳回頭把消息放出去，免得有些人胡亂猜測，許彌你接下來好好陪母親，享受人生最後一個輕鬆愉快的假期吧。」

林瑜看著許彌道：「老師您就別嚇他了，那個部門的身分是秘密，成員幾乎都有另一重可以公開的身分，平日需要我們執行的任務並不多，而且一定不會是你現在這種不能自保的狀態，另外……」

頓了頓，林瑜又說道：「這部門雖說有危險，但也不是誰都能進的，沒有特殊天賦，即使你們學校那幾個甲等天才也不行。」

許彌起身跟兩人感謝道：「我知道了，林院長，謝謝您，也謝謝黃教授，您受累了！」

消息當晚就小範圍傳了出去，冰霜城那些有身分地位的人，都知道今天突然降臨的秘境中，有個表現十分英勇的高三學生，臨危不亂，與殭屍鬥智鬥勇，成功拖到援兵趕來，拯救了公車上十幾個人。

對許彌被第一修行大學特招，並沒感覺到意外。

覺得這種好苗子被林院長和黃教授給發現，成功開脈後招入戰院是件很正常的事情，唯一讓他們有些震撼的，是許彌居然可以成功開脈！

不少人都有些感慨，覺得這個叫許彌的學生不僅僅是幸運那麼簡單，自身也是足夠優秀！

而認識許彌的人在聽到這消息後，都表現很十分震驚，班級群更是炸開了鍋。

「許彌拯救了一車人？有影片嗎？這也太魔幻了吧？」

「普通人是怎麼拖住殭屍的，我記得殭屍連香火都不吃吧？」

「牠只吃人！力大無比，指甲能把骨頭都切開，速度奇快，一般人根本閃避不開，這些都是課本上的東西……」

「許彌趕緊出來講講過程！」

「你們沒注意到重點嗎？許彌被一大戰院特招了啊！那是一大的戰院啊！」

「唐悅溪，張麒，你們多了個新夥伴！」

「我同學太厲害了，這是要一飛沖天的節奏，求老大以後罩我！」

直到唐悅溪被喊出來，並說了句恭喜，群裡其他人才像是突然醒過來，接著就是一連串的恭喜。

從始至終，張麒都沒有出來說話。

許彌也沒出來，這會兒他正在家裡研究剛剛送來的虛擬裝置，準備註冊戰網帳號呢。

方芸安靜坐在一旁，眼神複雜地看著正愛不釋手擺弄虛擬裝置的兒子，那是絕大多數孩子從小就習以為常的玩意兒。

方芸突然覺得自己過去是不是真做錯了？

從小到大，方芸的家人始終都很尊重她，很少干涉她的想法跟決定，最多也只是陳述利害之後，再讓她自己做決定。

結果到她這裡，因為丈夫的死，對修行畏之如虎，堅決不允許兒子與之扯上半點關係。

為此不惜一切，哪怕變得自己都厭惡自己，也是在所不惜。

方芸其實也清楚，很多事情都是兒子在遷就自己，他只是懂事心疼她，並非喜歡被操縱。

結果就在她眼皮子底下，兒子居然不聲不響，在一場本該是劫難的事故中成了拯救他人的英雄。

方芸忘不了那些家屬對她表達感激的畫面，那些人為了報答，想要給她送錢、送禮物，爭著想把自家的適齡女孩兒介紹給許彌……

直到那一刻，她才突然發現，兒子長大了！

「兒子……」

「怎麼了，媽？」

許彌這會兒正在調試設備，聽見叫自己，抬頭看向方芸。

「媽對不起你。」

方芸滿眼歉意，聞言，許彌放下手裡的設備，走到方芸面前蹲下來。

「媽妳這說的什麼話？」

一百八十多公分的個子，即使是蹲著，也已經很高了。

許彌拉起方芸的手，道：「您是我媽，一個人把我撫養長大，既沒有讓我缺少過母愛，也沒有缺少對我的教育，即便不讓我去做的一些事，也是出於保護。」

兒子果然長大了，他什麼都懂！

方芸鼻子酸酸的，有點想哭，她輕輕摸著許彌的腦袋，柔聲開口。

「媽小時候聽過一個故事，不，那不是故事，是真事……有個很年輕的戍邊戰士犧牲了，死的時候跟你現在差不多大，他媽媽得知兒子犧牲後痛不欲生，但卻對前來慰問的人問了句，我兒子戰鬥時候勇敢嗎？」

說著，淚水順著方芸臉頰輕輕滑落。

「直到現在我都覺得那個媽媽真的好偉大，我一點都比不了，所以你要答應媽媽，無論何時何地都要保護好自己，但如果……如果真有那一刻，媽也希望你能勇敢。」

說完這話，方芸便再也忍不住，起身回到自己房間，輕輕關好門，跪在丈夫靈位面前淚流滿面，泣不成聲。

時間流逝，來到了畢業當天。

「築夢遠航，不負韶華——二零四五屆高三畢業典禮暨十八歲成人禮，現在正式開始！」

伴隨著主持人慷慨激昂的聲音，全場響起一片熱烈掌聲。

坐在下面的方芸穿著一身白色繡花旗袍，盤著髮髻，渾身散發著優雅知性的氣息，陪在兒子身邊，笑得很燦爛。

許彌穿著傳統秦裝，筆直挺拔，陽光燦爛，他和母親不出意外的成了這場畢業典禮上的焦點人物。

冰霜城官方專門過來一個宣傳的副城主，典禮開始前就為許彌頒發了『英雄市民』勳章和一百萬元現金獎勵。

隨後，校長致辭也重點提及許彌已被第一修行大學戰院特招這件事。

引起一陣羨慕的驚呼和如潮掌聲，典禮進行過程中，很多認識的，不認識的，都來恭喜這對母子。

包括唐悅溪和張麒父母，也都過來表達了親近之意。

從冰霜城走出去的修行者被人稱為『冰霜系』，進了戰院，這三人……包括三中另外三個被戰院特招的學生，就是最新一屆的冰霜系成員，天然成為關係最親近的『戰友』。

二班同學更是把許彌圍起來，要他講講當時是怎麼打僵屍的。

張麒遠遠站著，冷眼看著這一幕，他想不通許彌為何如此好運？

不僅在突然降臨的秘境中活下來，還在沒有任何修為的情況下，成功拖住僵屍，等到援兵到來。

就只是受了點輕傷！這狗屎運！

張麒曾無數次幻想過，哪天能夠遇到一次突然降臨的秘境，那樣就可以憑藉他在戰網積累的豐富經驗，催動靈力上來一通亂殺。

一鳴驚人！從此名利雙收，走向人生巔峰！

他太想了，結果他沒等到，許彌這個普通人卻遇上了，還因此得到戰院那位貌若天仙的副院長青睞，專門請人為他開脈……

一想自己要跟一個通過『作弊』進入戰院的人成為同學，張麒就渾身難受，尤其看到平日高冷的唐悅溪居然也跟爸媽一起走向許彌，心裡更不舒服。

在張麒設想中，他跟唐悅溪才是真正的『青梅竹馬』，進入戰院後必然會成為人人羨慕的一對情侶。

張麒還準備在高考結束之後就跟唐悅溪表白，可現在，唐悅溪的爸媽卻在跟許彌母親談笑風生，最可笑的是，自己父母還傻裡傻氣的在一旁賠笑！

許彌一邊跟同學們寒暄著，一邊有點莫名其妙，張麒這個平日高冷驕傲的傢伙內心戲怎麼這麼多？嫉妒心也有點強的可怕！

昨晚半夜，他註冊完戰網帳號，起名『方先生』，捏了張跟他現實模樣完全不同的臉後，跑去新手區虐菜。

在一對一單挑的隨機擂臺裡，簡直就像天神下凡，有種滿級大號回新手村欺負小朋友的感覺。

酣暢淋漓的戰鬥讓許彌忘記了時間，一不小心就過了十二點。

準備再打一局就去睡覺時，腦海中突然傳來一道意念——絕對洞察心聲！

面對這第二次莫名出現的意念，許彌終於意識到，他從那個已經結束的夢境裡，不僅獲得了豐富知識和經驗，還有別的！

當許彌出現在擂臺上，看到對手剎那，竟然直接感應到對方心聲——

『這人居然十連勝了？簡直離譜！該不會是哪個沒註冊過戰網的高手進來虐

菜的吧？老子可真他媽的倒楣啊！』

為了驗證，許彌在隨後戰鬥中沒有選擇乾脆俐落的將其擊敗，而是陪他玩了一會兒，過程中出言指出一些不足。

那人乾脆俐落的認輸，隨後真誠道謝，然後許彌就再次聽到對方心聲——

『我操，這個方先生果然是個高手，今天賺大了！』

至此，許彌基本可以確定，自己擁有一種很特殊的能力，似乎每天都會刷新一次。

新的能力出來後，舊的好像也沒有完全失效！因為他能感覺到自己的聽覺能力比之前強出許多。

唐悅溪來到許彌面前，帶著淺淺笑意說道：「許彌，恭喜你呀。」

許彌微笑回道：「謝謝，以後還請唐同學多多關照。」

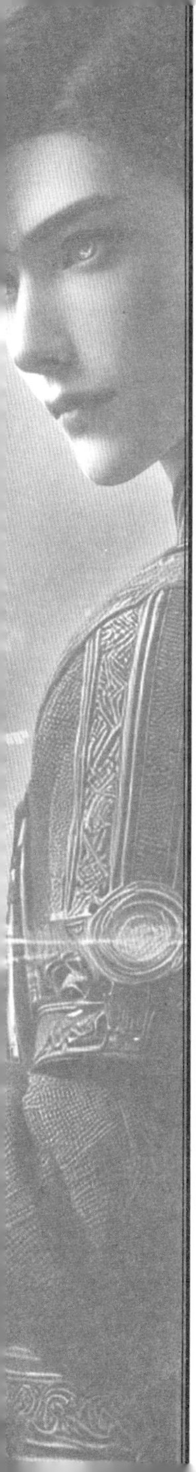

第五章

冰霜四五群

唐悅溪本來就漂亮，換上盛裝更是讓人眼前一亮。

她的身材高挑而纖細，一頭烏黑亮麗的長髮如瀑布般垂落在雙肩，髮尾微微捲曲，白皙面龐猶如羊脂玉般細膩，精緻的五官彷彿是被精心雕琢而成。一雙明亮的大眼睛，眼神中隱隱透著一抹不易察覺的清冷。

唐悅溪穿著一件簡約的白色襯衫，領口繫著一個小巧的黑色蝴蝶結，外面搭配黑色的西裝外套，下身是一條黑色A字裙，長度剛好覆蓋到膝蓋上方，突顯出筆直修長的雙腿，踩著一雙黑色半高跟小皮鞋，使她整個人更顯高挑。

這副裝扮和她身上散發出的清冷氣質都讓許彌感覺很眼熟，隨後便想起一個人來，林瑜！

不愧是大眾偶像，男女老少通吃，不過唐悅溪的心聲卻讓許彌有點驚訝。

『聽說開脈過程非常痛苦，他居然能熬過去，並且還成功了，可真厲害！不過更厲害的是他敢跟僵屍搏鬥！那玩意兒太嚇人了，我要見到估計得嚇哭吧？』

聽著唐悅溪的心聲，再看那張精緻而又恬淡的小臉兒，莫名有種喜感。

許彌發現這個能力好變態！身邊這些同學很有意思，一個個都是兩副面孔，嘴上說的跟心裡想的完全不是一回事。

比如某些這會兒正笑容滿面圍著他恭喜的同學，嘴上說的好聽，心裡想的卻是——

『真該死啊！許彌這逼運氣也太好了吧？一百萬啊，給我多好！他居然能進戰院？要是有人給我開脈我也行啊！』

再比如唐悅溪，初中三年加高中三年，兩人說過的話都不超過十句，給人一種難以接近，十分高冷的感覺，實際卻是個內心活動豐富，真實且鬆懈的姑娘。

畢業典禮沒有持續太久，畢竟馬上就要高考了，眾人很快散去。

許彌陪著春風得意的方芸一起回家，到家後，許彌接到林瑜來電，說她和黃教授已經忙完這邊事情準備回京了。

如今大學學業幾乎都在虛擬社群完成，但修行大學則必須真人線下授課。

「經文我會在回京後通過虛擬社群交給你，記住不可外傳。」

「好的，林院長，謝謝您。」

「不用謝我，主要是你足夠優秀，打動了黃教授。」

結束通話後，許彌便開始認真複習起來，儘管已經提前被戰院特招，理論上無需參加高考，但他還是想要證明一下自己。

畢竟在此之前，許彌已經為之努力這麼多年，權當給自己一個交代，為高中生涯畫上完美句號。

就在這時，通訊器突然收到一條請求添加好友的資訊——唐厲害申請成為您的好友。

唐厲害？唐悅溪？許彌愣了下，點了通過，隨後發了個問號過去。

「我是唐悅溪，拉你進個群，裡面是三中這屆特招進入戰院的同學。」

許彌一進群就受到了熱烈歡迎。

董漂亮：「歡迎許彌同學進群，冰霜系再添一員大將！」

孫威武：「歡迎許同學，我有個疑問啊，前天你是怎麼拖住僵屍的？那玩意兒靈活性雖然不高，但對沒有修為的人來說相當可怕，一般人看見腿都軟了，你不怕嗎？」

趙劍仙：「我還以為這屆被特招的就只有我們五個人，沒想到又多一個，好開心，要不高考那天我們去喝酒慶祝吧！」

董漂亮：「趙羽瀟，你做個人吧，難道不怕被其他同學打死嗎？」

孫威武：「我覺得這個主意不錯，我們都參加完了成人禮，已經是成年人了，做點成年人的事情有什麼不可以？」

趙劍仙：「誰敢打我？老子一聲劍來，是龍給我盤著，是虎也得臥著！」

董漂亮：「吹吧你，回頭進了戰院你要還敢這麼狂，我管你叫哥！許彌怎麼不說話？不要害羞嘛，大家都很開心你的到來，張戰神出來說句話，不要整天裝高冷！」

孫威武：「許彌快出來說話，不想說也行，發個紅包表示祝賀吧！」

許彌：「沒錢，可憐。」

孫威武：「靠，剛拿了百萬獎金的人說自己沒錢？我昨天看著你手上那塊寫著一百萬數字的牌子，嘴角都流下不爭氣的淚水，羨慕死啦！」

董漂亮：「糖糖，妳也別潛水，人是妳拉進來的，要不妳發個紅包意思一下！」

唐厲害：「紅包。」

發是發了，只給字，不給錢的那種。

看著外班三個活躍分子瘋狂刷屏，可以很直觀的感受到他們態度，許彌也很開心，同時也明白了唐悅溪為啥會起唐厲害這種網名，想必是被這幾個中二的傢伙拐帶的。

青春年少，風華正茂，這種感覺真的很好！

這三人許彌也認識，只是之前沒什麼交集，都是三中的風雲人物，高一檢測天賦之後就基本確定未來進入戰院了。

董漂亮名叫董佩雲，來自一班，是個非常活躍的御姊型妹子。她的個子很高，長相漂亮，穿著火辣大膽，行事風格很大氣，據說很小就開始修行，如今已是練氣四層，入微境界的修行者。

趙劍仙叫趙羽瀟，也是一班的，痴迷災變前各種修仙、玄幻小說，一心想要成為劍仙，如今同樣處在練氣四層的入微境界。

孫威武名叫孫禦烽，來自三班，文化成績稍微差點，但這傢伙在修行方面是個天才，境界比董佩雲跟趙羽瀟還要高點，已經進入練氣五層的『知神』境界。

唐悅溪跟張麒都是同班同學，也都處在練氣四層的入微境。

許彌是這個群裡最弱的人，吸了黃嶽大量靈力也只堪堪進入到練氣一層，還處在開竅境，但他也不急，畢竟已經踏上這條路。

天賦固然重要，但並不能決定修行上限，也不能決定戰力天花板，更不能決定人生未來。

按照黃嶽的說法，許彌的真實天賦非常高，只要修行太乙蓮花經，將精神與肉身徹底融合，也會有屬於自己的春天。

此時，一直沒在群裡發言的張麒正在自己房間生悶氣，從知道許彌被戰院特招那刻起，他就很不開心，畢業典禮上的那一幕更是讓他很不高興。

唐悅溪要把許彌拉進群，董佩雲、趙羽瀟和孫禦烽三人不僅不反對，還在第一時間出來釋放善意，讓他有種遭人背叛的感覺。

張麒讓父親找人打聽過，許彌天賦是乙等下，卡在第一修行大學戰院的最低標準上。

他極度懷疑許彌是通過行賄才拿到的特招名額，真實天賦根本不達標！否則原本一個不能修行的普通人，怎麼就那麼巧，開脈就是乙等下？

就算這是真的，也沒資格被提前特招，乙等是需要考進戰院的！

張麒跟父親表達過這個觀點，誰知不僅沒能得到認同，還被訓了一頓。

「你記住，你們是關係最近的同學，不管走到哪，別人都會把你們這群冰霜城出來的人當作一個整體，都是冰霜系一員！作為同屆，關係應該更加親密才對，尤其修行者，單打獨鬥走不遠，唯有相互扶持才有未來。」

這番說教讓張麒超級不爽，我們一群甲等天才，跟個乙等下的廢物相互扶持個鬼啊？他配嗎？

看著熱熱鬧鬧的群聊，張麒都有股想退群衝動，感覺許彌進來之後，這個群都不乾淨了！但他忍住了，畢竟唐悅溪還在群裡。

相信他們只是圖一時新鮮罷了，龍不與蛇居，乙等就是乙等，怎麼可能跟甲等走到一起？

時間來到了六月六，方芸一大早就將儀式感拉滿。給兒子準備了豐盛的早餐，換上大紅旗袍，畫了比畢業典禮那天還要精緻的妝容，然後給丈夫靈位上香，祈禱他能保佑兒子。

許彌也很想念父親，但他知道，爸爸早就不在這邊了，否則他為何從來就沒見過父親鬼魂？但許彌從來不跟母親說這事兒，主要是不想讓她失望。

高考在虛擬世界舉行，每人一個獨立空間，杜絕作弊的可能性。

許彌對考試很有信心，更別說今天刷出來的屬性還是如虎添翼的絕對記憶，過程也如他所想的順利，之前略微有些模糊的知識都在屬性加持下變得異常清晰。

第二天出了絕對理解，許彌多少有些遺憾，為什麼不是得到太乙蓮花經的時候再出？

之後刷出來的屬性則讓許彌欣喜若狂，居然是絕對吸納靈力！

許彌幾乎一宿沒睡，從半夜一直修行到進考場，考試過程也是飛快答題，檢查完後迅速交卷，下線修行。

許彌的條件自然買不起靈石和丹藥，但從秘境溢出的靈氣早已彌漫在整個城市，他運行心法，一氣修煉到午夜十二點。

許彌將境界從練氣一層提升到二層，然後就像沒了水晶鞋的灰姑娘，悵然若失的停止了修行。

隨後刷出來的屬性讓許彌有點傻，絕對桃花。

許彌很無語，我要這玩意兒有啥用啊？

桃花許彌從來都不缺，初中就有不少女生給他遞情書，甚至當面表白，所以他覺得這個屬性有點搞笑，打算不予理會。

結果就在這時，群裡董漂亮、趙劍仙和孫威武紛紛跳出來，說有人找到他們那裡，想要許彌聯繫方式……

「我操，就離譜！我剛才收到五條消息，三個高三的，一個高二的，居然還有個高一的，全是找許彌的！我他媽還以為是要跟我表白的呢！許彌你可真該死啊！」

被家裡逼著參加了考試，沒能成功在高考當天組酒局的趙羽瀟，一出來就怨念溢滿螢幕。

孫威武：「哥收到八條，我就納了悶了，我也很帥好不好？甲等修行天才，未來戰院天驕，怎麼就沒幾個女生慧眼識人呢？」

董漂亮：「你們那算啥？姐收到十條！不是，許彌你到底幹了啥？是給女生集體下降頭了嗎？」

沒說話的唐悅溪此刻穿著睡衣躺在床上，懷裡摟著個綠色鱷魚抱枕，對著螢幕傻笑。

因為向來『高冷』，倒是沒人找她要許彌的聯繫方式。

看著螢幕上夥伴們發出的消息，感覺有些好笑的同時，一雙清冷的漂亮眸子裡也帶著幾分疑惑。

為啥許彌一下子這麼受歡迎了？是因為他成了救人的英雄嗎？

房門被輕輕敲響，楚彤推門進來，手裡端著盤切好的水果，看著正在傻笑的女兒，隨手將水果放在床頭，笑著問道：「啥事兒笑得這麼開心？」

唐悅溪下意識道：「談戀愛。」

楚彤直接冒出一個大問號，唐悅溪趕緊解釋。

「不是我，群裡的人都說收到消息，有人找到他們想要許彌聯繫方式，想要追求他。」

「還有這種事兒？」

楚彤露出饒有興致的表情，她也是個修行者，保養的很好，年過四十，看上去依然如同一個三十多歲的成熟美少婦。

「妳班那個許彌確實挺優秀，初中時候就很帥了，不僅學習成績好，還有勇有謀，性格沉穩敢擔當，妳要不要考慮一下？」

楚彤笑著調侃女兒，嚇得唐悅溪趕緊搖頭。

「不要！」

「媽沒和妳開玩笑，妳已經成年，可以談戀愛了！」

其實之前楚彤也沒管過這事兒，倒是丈夫看得很緊，生怕有豬拱了他家白菜。

「不談，累！」

唐悅溪依舊是一臉拒絕，楚彤有點無奈，自家姑娘看著十分高冷，其實是個蠢萌的小社恐，她還真的有點擔心，回頭外出上學會被人騙。

許彌那孩子雖然長得有點不安全，但人品性格都極好，媽媽也很好，又和女兒一起進了戰院。

這倆年輕人要能談戀愛，她還挺放心的。

與此同時，張麒正在家裡發狂。

「該死，真該死啊！都他媽是智障嗎？找我要許彌聯繫方式？他算老幾？」

張麒被氣壞了，感覺這是他人生最糟糕的幾天！好在唐悅溪不是那種沒腦子的女孩，沒有跟著一起湊熱鬧。

就在這時群裡又蹦出一條消息——

唐厲害：「高考結束了，你們要不要一起去考綜合駕照？」

綜合駕照可以駕駛海陸空三種交通工具，儘管早已實現駕駛自動化，但一個合格的修行者，必須熟練掌握這些技能，以備不時之需。

董漂亮：「可以呀，我也正打算說這事兒呢。」

其他幾人也都紛紛表示贊同，唯有張麒依然沒說話，他這會兒正等著唐悅溪邀請呢，儘管中間夾雜了一個討厭的東西，但只要唐悅溪開口，他一定會答應。

結果等了半天，直到一眾小夥伴互道晚安，群裡徹底安靜下來，也沒人特意邀請他。

好，都針對我是吧？張麒一怒之下，點了退群。

翌日清晨，許彌進了虛擬社群，跟幾個同伴會合。

董佩雲上下打量許彌，大大咧咧說道：「誒，之前都沒注意，你真挺帥的，有點符合我的審美標準，要不咱倆試試？」

許彌看了她一眼，道：「我得回家問我媽！」

「去死吧，你個媽寶！」董佩雲翻了個白眼，道：「看不上姐姐就直說！」

這姑娘其實很漂亮，肌膚白皙，雙眸嫵媚，身材高挑豐滿，挑染著幾縷粉色的長髮帶著一絲絲野性，一雙筆直的大長腿，有著遠超高中學生的成熟與性感。

不過董佩雲也就是開個玩笑而已，這時唐悅溪也過來了。

董佩雲看著她道：「糖糖，張戰神那個玻璃心的傢伙退群了。」

唐悅溪愣了下，昨晚說過晚安她就去睡覺了，早上起來也沒看群，因此有些意外。

唐悅溪問道：「為什麼？」

趙羽瀟咂咂嘴，說道：「大概你沒專門邀請他，生氣了吧？」

唐悅溪有點傻眼，她也沒專門邀請別人啊？

孫禦烽說道：「我說唐同學，連我都能看出來，妳不會不知道張麒喜歡妳吧？」

唐悅溪一臉茫然，道：「不知道啊。」

董佩雲過來拉起她的手，說道：「不知道更好！許彌比他好看，還比他謙虛，成了救人英雄也沒像他那麼裝，退群給誰看呢？不管他，咱們走！」

孫禦烽問道：「不喊張麒一聲？」

董佩雲撇嘴道：「都退群了還喊他幹什麼？我爸從小就教育我，千萬別仗著有點天賦就目中無人，天賦可以為未來助力，但卻決定不了未來，他太傲了，先不管他，什麼時候自己想明白，什麼時候就回來了。」

這番話得到了一致認同，許彌自然能聽出董佩雲關於天賦的這段話是『安慰』他的，對她露出個感激的笑容。

其實大家都能隱隱猜到張麒的退群原因——瞧不起乙等下的許彌。

其實這是有先例的，張麒最初可是連他們都有點瞧不上的，雖然沒有明顯表現出來，但大家又不傻，更別說許彌這種原本還是普通人的同學，肯定更加看不起。

許彌不知道的是，在他進群之前，幾人當中年齡最大，也是群主的董佩雲就已經公開說過，不要在許彌面前提天賦！

「身為乙等能被特招，足以證明他的優秀，未來如何誰又敢輕易斷言？冰霜城的人進了戰院，就是冰霜系的一員！我們是同屆，得更加團結才可以。」

當時其他人都出來回應，唯有張麒沒出聲。

幾人說說笑笑來到報名處，卻有些意外的在這裡看見了張麒！

跟可以捏臉帳號的戰網不同，虛擬社群形象必須跟現實保持一致，這裡是社會的延伸，無論社交、娛樂還是工作，總不能沒事兒就換個形象，整天讓人猜你是誰吧？

張麒身高在一百七十八公分左右，穿著一身休閒裝，身材很挺拔，眉宇間永遠是那副高冷模樣，對走過來的幾人視而不見，這讓原本想要打個招呼的孫禦烽跟趙羽瀟頓時止住腳步。

我們又沒惹你，跟誰甩臉色呢？

唐悅溪則被董佩雲拉著，去到另一個櫃檯。

「糖糖咱們打個賭，誰能最快拿到綜合駕照，誰就請吃飯！」

「妳說反了吧？」

唐悅溪疑惑地看了眼董佩雲，董佩雲嘿嘿一笑。

「被妳看穿了，我知道妳肯定從小就在虛擬社群學過這些，就是想坑妳這小富婆一頓飯。」

「不用打賭，隨時可以請。」

唐悅溪大方表示，董佩雲高興的摟著她。

「知道妳最好，但還是賭一下嘛，說不定我今天狀態爆發，就超過妳了呢？到時候姐姐請客！」

張麒在另一個櫃檯，聽著旁邊銀鈴般的笑聲，有些心煩意亂。

其實退群的瞬間，張麒就後悔了，一夜輾轉難眠，一大早就起來在這邊等著，希望大家看見他的時候能主動過來問問原因，然後說句手滑不小心，再把他拉回去，這件事也就這樣過去了。

結果看見許彌那張臉，一個沒忍住，用高冷姿態逼退了想要過來打招呼的孫禦烽和趙羽瀟，也看出來董佩雲似乎對他有點不滿，拉走了唐悅溪。

這種情況下，張麒更不可能拉下臉主動求和，心中對許彌的怨念變得更加強烈。

眼看幾人報名後一起走了，張麒恨得牙根直癢，這時，後面有人催促。

「你辦不辦？不辦就先讓開，不要占著櫃檯好嗎？」

另一邊，眾人全都各自進了訓練場。

許彌進來簡單熟悉一會兒，就選擇了申請考試，夢境中的他精通各種交通工具，經驗相當豐富，幾乎不需要重新學習就可以直接上手。

剛剛董佩雲說打賭，許彌差點以為是說他來的。

過程相當順利，只用了兩個多小時，海、陸、空所有科目，無論筆試還是實際操作都是滿分過關。

也幸虧這一切都是人工智慧在管理，要是真人看到許彌駕駛飛行器、汽車、各種船隻的順暢過程，肯定驚得目瞪口呆，就算從小就在虛擬社群玩兒這些的人，也很難做到他這種程度。

唐悅溪是中午出來的，看見等在外面的許彌，她並沒有太多意外表情，絕大多數人想要拿到綜合駕照，就算之前有點經驗的，通常也得一周左右。畢竟需要一個熟悉的過程，還有大量專業理論知識需要背。

許彌看著她問道：「拿證了？」

唐悅溪點點頭，說道：「我已經準備很久了，只是差在年齡上。」

結果許彌笑著道：「我也是。」

唐悅溪有點驚訝道：「所以你也拿證了？」

許彌回道：「對。」

唐悅溪說道：「那你也好厲害啊！」

唐悅溪發現自己好像從來沒有真正瞭解過這個同班六年的同學，兩人從初中開始就在一個班。

唐悅溪其實不高冷，也不是社恐，只是學業繁重，加上還要修煉、學習大量跟修行有關的知識，於是很少有時間跟同學交流，久而久之，大家便都覺得她很高冷。

這時張麒也出來了，看見唐悅溪和許彌站在一起，董佩雲幾人都沒在，終於還是沒忍住，往兩人這裡走過來，也不看許彌，目光柔和地看著唐悅溪詢問。

「糖糖，拿證了？」

唐悅溪微不可查的蹙了下眉，這個稱呼有點太過親近了，身邊只有董佩雲才這麼叫她，趙羽瀟跟孫禦烽都喊她唐厲害或者唐同學。

「嗯。」

唐悅溪清清冷冷的回了句。

「不愧是唐厲害，我都用了四個小時十五分鐘三十二秒半才過關的。」

張麒略帶矜持的說著，然後看著她再問了一句。

「他們還沒出來呢？」

唐悅溪又嗯了一聲。

「這可有點不符合他們的天才身分啊。」

張麒倒也沒覺得唐悅溪態度不好，他們中的小公主嘛，早習慣了。

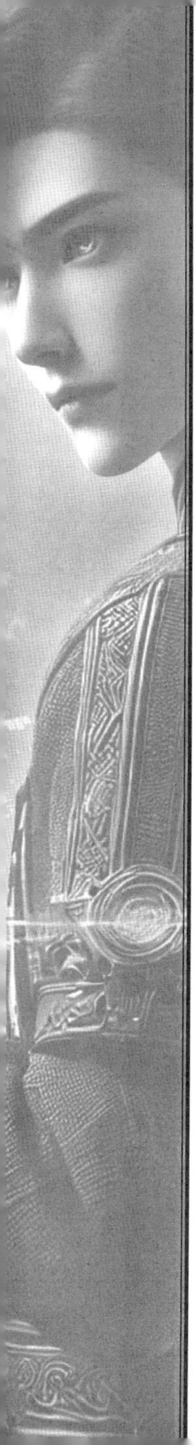

第六章

七彩蓮花

張麒正想著，就見唐悅溪看著許彌道：「雲姐之前說要給你舉辦個歡迎儀式，一起聚一下，你待會兒有時間嗎？」

許彌點點頭，道：「有。」

唐悅溪說道：「那我等下去接你吧，我的車裝有最新的有源相控陣雷達，可以提前檢測空間波動。」

唐悅溪知道許彌前幾天剛剛遭遇突然降臨的秘境，擔心他抗拒出門，但在一旁的張麒聽來，卻是整個人都麻了。

你們已經熟悉到這種程度了？糖糖妳不是不喜歡與人交流，對誰都一視同仁嗎？為什麼要去主動接他，妳可是個女孩子啊！

而且，我就在這站著，妳都不邀請我嗎？我也沒坐過妳的車呢！

許彌露出開心笑容，一點都不帶客氣，當場答應下來。

「好啊，那就辛苦唐同學了，別說，我還真對出門有點心理陰影。」

「不客氣的。」

隨後唐悅溪轉向張麒，正要開口，張麒卻突然看向許彌。

「許彌。」

「張同學好。」

許彌微笑看向他，張麒神色清冷的問話。

「你天賦真有乙等下嗎？」

許彌愣了一下，笑容慢慢從臉上斂去，語氣淡淡的反問。

「有什麼問題嗎？」

「我就問問。」

「哦，那不告訴你。」

張麒呆住，他沒想到許彌竟然這麼不給面子，面色頓時變得難看起來。

這時，董佩雲也出來了，遠遠的，就大聲嚷個不停。

「哎呀，妳看妳看，我就說吧！果然是糖糖妳最先出來，本來以為很簡單，結果差點翻車，幸虧姐厲害，但是待會兒妳得請客！我要吃大餐！」

唐悅溪伸出白玉般的纖細手指，指了指許彌。

「他先出來的，叫他請。」

「沒拿證的不算！」

董佩雲是個粗中有細的姑娘，發現張麒臉色難看地站在那，意識到剛剛可能發生了什麼，試圖活躍下氣氛。

「他拿了。」

「真的假的？」

聽見唐悅溪的話，董佩雲很驚訝，有點不敢置信的看著許彌。

「你說，你是不是從小就是個修行天才，一直藏著掖著，就是想要一鳴驚人？不然一個普通人學習駕駛交通工具做什麼？」

「我就是個普通人，你們這些甲等的才是天才。」

許彌笑著開開玩笑，董佩雲頓時笑起來，一雙嫵媚的大眼睛盯著他看。

「別扯天賦，不過是修行速度快點，真正的天賦是悟性，丙等天賦的強者都一抓一大把，乙等下又怎麼了？誰拿這個說事兒誰白痴。」

董佩雲看了眼張麒，揶揄了一句。

「呦，這不是退了群的張戰神嘛，怎麼著，冰霜四五群給不了你溫暖了？」

終究是認識很久的同學，董佩雲不想弄得太難看，用她爸的話說就是可以少交朋友，但不要輕易樹敵。

張麒深吸口氣，看了眼董佩雲，他原本想說手滑不小心，結果說出口的卻是——

「我不喜歡跟一個可能連乙等下都不是的人混在一起，你們如果喜歡，那就隨便你們！」

說完，張麒冷冷看了眼許彌，轉身就走，傲氣彷彿都要從後背溢出來。

董佩雲目瞪口呆，直到張麒徹底消失不見，才回過神，看著唐悅溪和許彌發出疑問。

「他是不是有病？」

之後，幾人飯店見面時，董佩雲依然還有些憤憤不平，對趙羽瀟和孫禦烽吐槽。

「你們兩個是沒看到他那副德性，氣死我了！什麼玩意兒啊！」

線下的董佩雲比在虛擬社群還要漂亮，高挑且豐滿的身姿在性感著裝的映襯下顯得十分迷人。

幾縷粉色挑染的髮絲靈動俏皮，穿著一襲剪裁精緻的短裙，恰到好處地勾勒出玲瓏有致的曲線，纖細腰肢盈盈一握，白皙的雙腿在高跟鞋的襯托下愈發筆直修長。

這副性感熱辣的裝扮別說年輕人，就連上了年紀的中年人都頻頻側目。

不過這是朵帶刺的玫瑰！剛認識那會兒，孫禦烽和趙羽瀟沒少因為年少慕艾在她這吃虧，早就學乖了，再漂亮都目不斜視。

趙羽瀟道：「那小子用天賦耍威風，然後嘲笑許彌確實有點幼稚了，進戰院以後比的是戰力，誰和你講天賦？」

孫禦烽呲牙笑道：「小學生能考一百分，那還不得好好炫耀下。」

看得出來，原本的冰霜四五群裡面，張麒就不是很討喜。

董佩雲看著許彌，說道：「待會兒你得多喝兩杯！」

許彌一愣，道：「為啥？我才是受害者好吧？」

許彌感覺自己完全是莫名躺槍，同班三年，幾乎沒怎麼交流過，過去只覺得他很高冷，『混』進圈子才知道那根本不是什麼高冷，而是一隻驕傲到有點神經質的小孔雀兒。

董佩雲瞪著嫵媚的眸子白了許彌一眼，雖然接觸時間不長，但發現許彌是個開得起玩笑的人，於是嗆了許彌一句。

「你說為啥，我們堂堂甲等天才，屈尊帶你一個乙等下的人玩兒，你不多喝誰多喝？」

說著，自己都忍不住笑起來，大家都是聰明人，知道董佩雲是在反諷張麒，唐悅溪也很無語，過去她對張麒印象還可以，不想會變成這樣子。

董佩雲哼了一聲，道：「我原本是想給他臺階下，誰知道他居然說出這麼一番話，真以為全世界都得圍著他轉呢？」

許彌笑道：「感謝雲姐仗義，待會兒我多喝兩杯，不，四杯，得敬各位甲等天才一人一杯，以後就指望你們帶我混了！」

眾人又是一陣哄笑，董佩雲一臉大氣：「就這聲雲姐，我罩定你了！」都是風華正茂的年輕人，儘管有些不滿張麒的態度，但也沒人太把這件事情放在心上。

隨後的聚會大家都很歡快，直到結束回家，接到林瑜電話時，許彌才突然意識到自己莫名其妙招惹了一條有點腦殘的毒蛇。

張麒居然把他給舉報了！

不僅有他，連同林瑜副院長和黃教授一起，被舉報到第一修行大學紀檢部門，說懷疑兩人收了賄賂，暗箱操作，為普通人許彌開後門。

「你不用擔心，我跟老師已經把情況說明，開學時你補一次天賦檢測就行，不過這樣一來，你的天賦怕是很難藏住，你可以利用這個暑期嘗試一下控制天賦，儘量不要被人察覺，免得會有危險。」

林瑜提醒許彌主要也是因為後者，同時她也有些惱火，雖然不清楚舉報原因，但同學之間能有多大仇恨？竟然幹這種損人不利己的事情。

許彌一臉無語，今天不是絕對桃花嗎，難道是這玩意兒惹的禍？不僅有桃花運，還有犯小人的桃花劫？

許彌覺得張麒有點腦殘，還沒入學就把戰院副院長和一個高級教授往死裡得罪，這是正常人能有的腦回路？

「我知道了，林院長，真是不好意思，給您添麻煩了。」

林瑜沒問，許彌也沒去解釋緣由，直到現在他都對張麒的敵意感到莫名其妙。

你喜歡唐悅溪跟我有什麼關係？我既沒追求她，她也沒對我示愛，飛醋吃到這地步，也真他媽沒誰了。

許彌思忖著，看著通訊器裡幾十條好友申請也有些頭大，漂亮女生他當然喜歡，但這種集體轟炸是真心受不了。

乾脆把通訊器丟到一旁，啟動設備進了虛擬社群，林瑜已經把那半篇經文發過來，對他來說這才是最重要的事情。

打開信箱，將資料提取出來，發現是原版竹簡照片，殘破的竹簡上鐫刻著古老的金文，下面還附帶一份破譯之後的版本。

經文不長，也就兩三百個字，他很快就給記了下來，隨後又去記原版金文。

破譯版本應該沒啥問題，都是國內頂級專家多年研究的成果，又被許多修行者反復驗證過，但如果悟性足夠，直接修行原版經文明顯是更好的選擇。

許彌對古文字是有研究的，畢竟從小就在為修行做準備，那些文字他大部分都能看懂，少數幾個生僻字也能查得到。

許彌決定還是修行原版，嘗試自己去理解。

退出虛擬社群，把房門關好，按照夢裡的修行方式，先讓大腦放空，進入到空明狀態，隨後開始觀想那些古老文字。

其實就像懂佩雲他們認知的那樣，悟性才是真正決定天賦的因素！

當下檢測體系把側重點放在吸收靈力方面，其實也是沒辦法的事，哪怕已經是災變十六年，修行者依然稀缺，能修行的人比例太低，戰損率又太高。

修行者發生意外的地方不僅有秘境，國與國間的博弈同樣血腥且殘酷。

災變發生後，秦國這邊因秘境數量多，種類豐富，還有各種上古傳承，自然引起他國覬覦，越境偷搶騙、間諜、暗殺事件層出不窮。

重壓之下，也只能將重點傾斜在那些吸收靈力迅猛，成長速度快的人身上，至於後面能夠成長到多高境界，在這些年的優先順序上，是比較靠後的。

秦國目前共有十幾所修行大學，幾乎所有修行大學的戰院學生，都從大二就開始進入秘境，不少人大學都沒讀完就已經隕落。

這也是為什麼，方芸之前不肯讓許彌走上修行路的原因，太危險了！

許彌悟性本就很高，經歷那場夢境後，看待問題的角度又發生了巨大變化。

認知和理解能力跟其他同齡人已經不在一個層面上，領悟這些文字，對許彌而言沒什麼難度。

隨著時間推移，許彌的精神識海開始具現出一朵蓮花，最初是白色，慢慢變成粉白相間，身體在這過程中不知不覺發生變化。

方芸做好晚飯，過來輕輕推開兒子的門，發現許彌盤坐在床上，身上彷彿散發著一股淡淡光暈，愣了一下，又悄悄關上門退了出去。

站在門口，方芸眼中有喜有憂，嘆了口氣，去把那些做好的飯菜又重新放回到鍋裡。

接下來的這些日子，許彌幾乎足不出戶，每天都在參悟太乙蓮花經。

數日後，許彌刷出絕對悟性，那天他覺得自己簡直像是天神下凡，對經文的理解層次瞬間進入到一個全新高度！

不斷觀想、感悟之下，那朵蓮花色彩再次發生變化，從粉白相間到紅色，再到藍色、綠色、黃色……最終定格在七彩。

花瓣宛若霞光凝聚，流光溢彩，閃爍著令人目眩神迷的燦爛光芒。

每一片都蘊藏著無盡奧義，七彩光芒交織，散入四肢百骸，彷彿可溝通天地！

略一觀想，體內便會發出陣陣輕微轟鳴，五臟六腑都蒙上那層七彩霞光！

許彌不清楚別人修行太乙蓮花經是什麼樣，但這種感覺真的太過玄奇，情不自禁就沉浸其中，呈現出的精神狀態每天都有新的變化！

最初幾天，許彌渾身散發出十分凌厲的氣質，像把出鞘的利劍，鋒芒畢露，接著慢慢收斂，如空谷幽蘭般靜謐，尤其那雙眼，宛若深淵。

再過幾天又變得溫潤如玉，換上古裝就是個風流倜儻的翩翩公子。

到了最近這兩天，徹底恢復到之前的狀態，像是返璞歸真，只是精神狀態極佳。

將兒子身上變化看在眼裡的方芸都忍不住嘖嘖稱奇，感慨修行確實能從根本上改變一個人。

許彌最近跟林瑜始終保持著聯繫，期間如實說了自己身上氣場的變化，林瑜表現得有些吃驚。

「這個過程被我們稱為『神華』，為太乙蓮花經的第一境，如今恢復正常，說明你應該已經進入到第二境『斂光』，後面還有『內息』、『鐵壁』等境界，目前最強的就是鐵壁，肉身如鐵，刀劍難傷，普通槍械的子彈都難以打穿，你能這麼快進入第二境，確實令人意外，許彌，繼續加油！」

林瑜的鼓勵對許彌來說如同一劑強心劑，讓他更加動力十足，他也順便問過其他人觀想出的蓮花都是什麼樣，林瑜說有白有粉，還有些特殊的是紅色。

「好像色彩越豔麗越好，不過這篇經文不適合我，我也只是聽說，具體還要你自己去摸索。」

林瑜這番話，讓許彌決定把自己是七彩蓮花的事情徹底爛在肚子裡。

要說最近真正讓許彌特別開心，甚至興奮到有點抑制不住想要與人分享的，是在踏入太乙蓮花經第二境後，終於可以感氣修煉了！

可惜除了林瑜和分開後再無音訊的黃嶽，他不能對任何人提及這件事，只能獨享喜悅。

太乙蓮花經確實厲害，這朵因為絕對悟性而產生的七彩蓮花太強了！

近乎完美的融合肉身與神魂，讓許彌擁有了和黃嶽給他開脈時差不多……甚至更強的修行狀態！比夢裡那個他厲害太多倍！

如果說夢裡的他吸收靈氣是涓涓細流、順暢柔順，那麼現在就是一條奔湧澎湃的大河，波濤洶湧！

群裡的小夥伴們最近也都安靜下來，唐悅溪跟爸媽出去旅行了，這種奢侈的行為讓大家都很羨慕。

這年代能出去、敢出去的都不是一般人。

唐悅溪的爸爸，唐潤昌是冰霜城高官，許彌在畢業典禮時見過一面，是個威嚴俊朗的中年人，她媽是個修行者，具體工作不詳。

其他幾人和許彌一樣，都是普通家庭出來的孩子，條件一般，買不起靈石丹藥這種頂級資源，只能通過吸收天地間的靈氣來修行。

時間轉眼到了公佈分數這天，班級群也開始熱鬧起來，不過原因卻不是相互詢問分數，而是因為一條新聞——

近期破獲一起百花國修士在我國冰霜城製造秘境的害人案件，據悉對方共有三人，從北方越境進入冰霜城，其中一人擅長空間神通，設陣製造出的僵屍秘境將一輛公車吞噬。

一名十八歲的高三學生挺身而出，與僵屍鬥智鬥勇，拖到救援人員趕到，救下一車人，避免了一場恐怖人禍。

第一修行大學戰院副院長林瑜當天便追蹤到這三人蹤跡，同戰院高級教授黃嶽一起，成功阻止對方再次製造秘境的陰謀。

因負隅頑抗，兩人被當場擊斃，還有一人重傷，目前正在被羈押，等待他的將是法律嚴懲。

這條新聞之所以引起轟動，是因為這是秦國最大官方帳號發出來的！

消息一出，百花國那邊立即抗議，說秦國惡意栽贓陷害，凶手根本不是他們國家的人，而是秦國自己的百花族人。

隨後兩國外交部門開始相互問候，大概是為了保護，新聞並未提及許彌名字，也沒說他被戰院錄取。

可就在那條新聞的評論區裡，有一條外國ＩＰ的回覆，詳細列舉了許彌個人資訊，還說這是個頂級天才，已被戰院特招。

點讚量極高，讚譽聲一片，但很多人都質疑這個發帖者居心叵測，班級群熱鬧也是因為這個，大家都在罵！

「誰這麼缺德？新聞不報許彌名字就是想要保護他，這人故意把資訊曝光，太他媽壞了！」

「之前本地新聞都報得很模糊，咱們也是通過小道消息才知道的，這王八蛋把許彌身分公開，引得無數人點讚，是想幹什麼？」

五個人的小群裡，董佩雲第一時間出來發言。

董漂亮：「你們說會不會是張麒幹的？」

趙劍仙：「不至於吧？圖啥呀？」

孫威武：「我倒是覺得有這個可能，過去沒發現，這小子心眼是真小。」

唐悅溪一如既往的在潛水，許彌也沒說話，他也覺得這件事八成是張麒幹的。

如果沒有先前的舉報事件，他並不會往張麒身上想，但那件事發生後，許彌覺得他幹出這種事也沒多稀奇。

這時許彌收到一條林瑜發來的資訊，上面正是公佈他身分的那段文字，不同的是，那條新聞顯示的ＩＰ位址是國外，而這個，卻是冰霜城！

「我們已經查明是張麒做的，我把這張圖片發給了他父親，連同上次的舉報事件也一併告知，這種行為很惡劣，卻談不上違法，不好直接處理，許彌，你以後提防點他。」

那邊猶豫一下，林瑜又補充提醒。

「許彌，這種人心裡很陰暗，像條隱藏在暗中的毒蛇，但沒有足夠的理由，我們也不好強行去處理他，如果你們只是有點普通矛盾，我建議儘量溝通一下，把事情說開，免得他整天算計你，然後切記，離這種人遠點，不要再給他任何打你主意的機會。」

對林瑜這種身分的人來說，這番話已經算是肺腑之言。

許彌認真道謝，皺眉沉思了一會兒，拿起通訊器，撥通了張麒的號碼。

此時，張家剛剛爆發一場『戰爭』。

張爸在收到林瑜讓人發送給他的資訊後，如同五雷轟頂，怒不可遏。他沒想到自己眼中向來品學兼優的兒子居然能幹出這種事？氣得當場就要扇張麒耳光，先被老婆給攔住，接著就被揍了。

被他已經練氣四層的好大兒一腳踹在肚子上，人都弓成一個蝦米，半天沒能爬起來。

張媽傻了，沒想到兒子居然動手打親爹，眼淚頓時止不住的流出來。

張爸沒受什麼傷，人卻被兒子這一腳給踹傻，看著痛哭的妻子，和一臉鐵青，面容都有些猙獰的兒子，大腦一片空白。

張爸難以理解，從小到大向來乖巧聽話的兒子，為什麼突然滿身戾氣，變得如此陌生？

「為什麼你們都站在別人的立場來指責我？我做錯什麼了？許彌根本沒有檢測天賦的時間！戰院提前招生從來只招甲等，我懷疑他們暗箱操作，懷疑許彌用錢行賄有問題嗎？」

張麒發狂，面容扭曲的看著父母。

「出於正義，我舉報他有毛病？就算我舉報錯了那又怎麼樣？我就是看不起他，一個乙等下的廢物，憑什麼跟我爭？沒錯，那條新聞下面的回覆也是我幹的，我就是故意的，恨不得他死！你是我爸，不僅不向著我，還不問青紅皂白就要打我，你憑什麼？」

張爸張媽目瞪口呆地看著自己兒子，張媽也不哭了，下意識的一問。

「他和你爭什麼了？我看那孩子挺好的，怎麼就惹到你了？」

張麒一時語塞，漲紅著臉回了一句。

「我就是看他不順眼！」

就在這時，通訊器突然響起，張麒看了一眼，略一猶豫，接通以後沒出聲。

「是張麒吧？」那邊傳來許彌平和的聲音。

「有事？」張麒冷冷的回應。

「同學三年，咱們雖然沒什麼交情，但也無冤無仇，我不清楚什麼地方得罪了你，讓你對我有這麼大的成見，能說說嗎？」

張媽扶著丈夫起來，臉色都不太好看，很顯然，許彌那邊也得到消息了！

張麒說道：「我就是看不上你，沒什麼可聊的。」

許彌聲音依舊很平和，道：「這樣啊，那也沒必要惡意針對吧？」

張麒冷笑道：「我就針對你了，你能怎樣？許彌，別以為跟那幾個人走得近，自己就也是天才了，你不過是個走偏門的廢物，不想死以後就離唐悅溪遠點，否則早晚有天你會後悔為什麼要進戰院！」

這番話連張爸張媽兩個做父母的都有點聽不下去，人家沉穩有禮，自己兒子卻跟瘋了似的，居然用生命威脅別人。

「你這話有點過了吧？無冤無仇，你還想要弄死我？」

「我不想和你廢話，任何跟唐悅溪走太近的都是我的敵人，我言盡於此，最後提醒一句，修行界是殘酷的，感謝你現在還處在文明世界裡吧。」

「所以就沒得談唄？」

「你不配！從戰院滾出去，從我視線滾出去，以後不要讓我見到，我會考慮放過你。」

「那就戰院見吧，張同學。」

呵呵，通訊器那頭，許彌突然輕笑一聲，隨後終止了聯繫。

第七章

絕對碾壓

沙發上的張爸一臉失望的看著兒子，他聽明白了，大概是因為許彌被戰院特招，唐悅溪跟許彌走的近了點，引起張麒不滿，於是就幹了這些事情。

但張爸還是想不通！這他媽簡直就是個腦殘！

張爸不理解，自己跟妻子怎麼會生出這麼個玩意兒？

當年災變剛發生那會兒，倒是聽說過很多人在成為修行者後，仗著實力無法無天為所欲為，但如今的秦國是有律法的，亂來的修行者通常都沒什麼好下場。

張爸不敢相信自己悉心培養的兒子居然會變成這種人。

一旁的妻子同樣滿心失望，看著面色難看的兒子，嘴唇微動，似乎想要勸說，張麒便強勢大吼。

「你們呢，什麼都別說了，我能有今天成就，都是靠自己的天賦和拼搏，我要有唐悅溪那種資源，修為早就上去了！我也不說你們無能，畢竟你們就這點能耐，這些年花你們多少錢，每一筆我都記著，回頭我會連本帶息，一分不少還給你們，到時候我和這個家再無任何關係！」

張麒看了看母親微微隆起的小腹，眼中射出厭惡之色。

他知道，她又懷孕了！其實剛才踹在爸爸身上那一腳，是很想踹在這個肚子上的。

張麒走向自己房間，哐當一聲把門關上。

另一邊，許彌起了殺心，哪怕他的高考分數被遮蔽，成了『隱藏款』，也沒讓他心中殺意減少半分。

這世上就是有那種偏執到近乎神經病的人，滿身戾氣，乖張霸道，即使是個普通人，也都能做出令人瞠目結舌的惡，更不要說是個天賦極高的修行者，被這種人惦記上，睡覺都不會安穩。

這種人不算多，但許彌很不幸，偏偏就遇到了一個。

許彌沒跟別人說這件事，尤其唐悅溪，估計她從來就沒往這方面想過。

今天刷出的屬性是絕對真言，否則也不會給張麒打這個電話。

許彌想知道對方到底是怎麼想的，舉報、揭露身分資訊這些舉動已經很噁心人，沒想到對方居然還想要他命，赤裸裸的威脅。

若無那一個多月的夢中經歷，面對這種刻意針對許彌會憤怒，會覺得這是莫名其妙的無妄之災，但同時也會感到無奈，但現在他只想找個機會弄死這條毒蛇！

「修行界的殘酷，我比你清楚！」

接下來等通知的日子，許彌依然待在家裡沒出門，每天雷打不動的修行太乙蓮花經和心法，境界終於爬升到練氣三層。

其實練氣一到三層相對容易，被稱為『開竅』，體內靈力好比杯中水，少得可憐。

四層入微，五到六層知神，七層流風，八到九層化雲。

從四層開始，每到一個節點，需要的靈力都以幾何數字增長。

按照這種速度，開學前想要憑藉吸收靈氣進入練氣四層有點困難，得有好的資源才可以！

比如境界相對高深的怪物爆出的靈石，但這玩意兒很貴，許彌買不起。

七月六號這天，他刷出個神奇屬性，絕對碾壓！

單從字面理解就已經讓他感到驚喜，為了驗證，第一時間進入戰網，選了個初級的凶獸秘境。

裡面從練氣一層到練氣九層都有，超凡宗師之下，很少有人能在這裡堅持太久。

剛進來，許彌就遭遇一頭三米多高的棕熊襲擊，這東西實力大概處在練氣五層，皮糙肉厚，力大無窮，一巴掌下去，可以輕鬆拍碎巨石。

相遇瞬間，這頭棕熊從一棵百米大樹中間一躍而下，宛若一顆出膛炮彈，重重向他砸來，隨後許彌身形一閃。

轟隆！棕熊重重摔在地上，將地面都砸出個大坑。

正常情況下肯定不會這樣，棕熊會卸力，別看塊頭大，卻可以非常靈巧的落到地上。

但牠死了，許彌在閃避那一刻，隨手一刀抹了牠的脖子。

按照許彌當下的修為，不可能擁有這種程度的敏捷、速度和力量。

「所以這個絕對碾壓，確實是給我開了個無敵的掛？」

許彌心思有些活絡起來，接下來又在這裡挑了幾個大傢伙，直到將一條堪比練氣八層，可短暫飛行的巨蟒也斬於刀下，他才終於確定，這次刷出來的屬性是真的厲害！

隨後許彌又進了一個有超凡怪物的秘境，進入前還被系統反復提醒——中級區域，一旦被擊殺，精神容易受到損害。

許彌沒理會，選擇直接進入，一路橫掃，找到最強的超凡怪物，雙方大打出手。

戰鬥過程中，許彌可以明顯感覺到自身的強大，幾乎可以達到當初在夢境中的狀態。

不過超凡級怪物血條太厚，儘管他全程呈現出碾壓姿態，也終究沒能將其殺死。

如果有頂級槍械，高爆手雷之類的武器加持，應該可以單人擊殺，不過這已經很厲害了！

許彌打算出城，找個秘境去弄點資源！

城裡的秘境幾乎都被清理過，有官方人員看守，不允許隨意進入。

城外近的也不行，都被本地豪門大族名下的公司所把持，裡面產出的資源也都歸人家所有。

災變初期，幾乎所有有能力的人都在瘋狂收割，官方也鼓勵這種行為，因為秘境實在是太多了，根本打不完！

只要不怕死，只要有能力，誰都可以占。

如今城市周圍只剩下一些特別可怕的秘境沒人惦記，距離冰霜城五十多公里的山區深處，就有一個這樣的鬼秘境。

許彌打算去那碰碰運氣，反正這些東西他在現實世界也經常能看到，根本不怕，不過在這之前，得先跟老媽撒個謊，不然她會擔心，另外還得弄個交通工具。

老媽覺得哪裡都危險，即使普通飛車很便宜，也壓根沒考慮過買。

許彌先跟方芸說自己要去趟孫禦烽家，有點修行問題要交流，晚上會住在那邊。

方芸雖然有點不放心和捨不得，但兒子這段時間的變化她都看在眼裡，知道這種事情以後不可避免。

再說許彌要不了多久就得去京城上學，終究是要離開她身邊，也就沒多說什麼，只是交代要注意安全。

出了社區，許彌就給唐悅溪打去電話，說要借車用一下。

唐悅溪也沒問許彌要做什麼，十幾分鐘後就開著車過來。

兩人也有一段時間沒見，許彌感覺唐悅溪身上氣場有些不太對勁，忍不住一問。

「不是出去旅遊了，怎麼感覺妳是偷偷修行去了？實力提升很多啊！」

「爸媽帶我去了趟京城親戚家，他們給我一顆丹藥，然後在那邊修煉半個月，已經進入練氣六層了。」

聽見這話，許彌無語，他還想著能利用這個暑假追上夥伴們，結果人家只用了半個月，境界就突飛猛進。

以前許彌就聽過一種說法，當時覺得太誇張。說普通修行者終其一生消耗的所有資源，可能都換不來門閥子弟隨隨便便吃下去的一粒丹藥。

說點星宗師是無數修行者終其一生的至高追求，但對出門名門的人而言，只是剛剛開始。

許彌笑著說道：「很棒棒！」

唐悅溪露出一抹淺笑，看著他道：「謝謝，你變化也很大呢！」

許彌回道：「嗯，畢竟已經不再是過去那個懵懵懂懂的高中生了！」

許彌調侃一句，上車將唐悅溪送回家，說了句再見就急匆匆離去。

唐悅溪眨了眨眼，望著迅速沒影的飛車微微鼓起兩腮，這傢伙倒是不知道客氣，她的車還從沒讓別人碰過呢！

不過也正是這種『不客氣』，讓她覺得挺有趣，感覺和許彌交流很放鬆。

遠處街角，張麒站在一棵樹下，面色鐵青，死死盯著那輛遠去的車。

秘境有很多種，按照生物種類，大致被分為人、鬼、妖、怪四大類，像之前的僵屍秘境，就被歸類到妖秘境。

沒人知道災變發生的原因，十六年前一天夜裡，彷彿潘朵拉魔盒被打開，這顆星球上面幾乎所有區域，同時出現異常空間波動，秘境驟然降臨。

荒無人煙的偏僻地方還好，但恰好出現在城市人口密集居住區的那些秘境，給人類帶來了難以想像的巨大災難。

在沒有任何準備的情況下，別說普通人，即使是訓練有素的軍隊，也被打了個措手不及，短時間內就死傷無數！通訊、物流、交通、甚至大片區域的水電……全部中斷。

如果是從太空往下看，幾乎是在一瞬間，全球便陷入黑暗，那段日子是全人類的共同噩夢。

面對各種妖魔鬼怪，人類是脆弱不堪一擊的，但是面對苦難，人類刻在骨子裡面的基因，又會表現得異常堅韌。

度過最初那段如同末日的歲月後，人類迅速從廢墟中崛起，利用秘境中的靈性資源不斷發展壯大，隨著時間推移，漸漸奪回城市，適應了與秘境『共生』，形成當下這種相對平衡的局面。

也在這過程中一點點破解秘境背後的秘密，歸納總結出秘境種類。

關於秘境形成，神話，傳說，甚至是普通人的『思想共鳴』，都有可能具現成現實，形成各種光怪陸離的異次元世界。

曾經不屬於一個維度的次元空間，同樣可能會以秘境形式，出現在世界的各個角落。

這當中最可怕的是『人』秘境！因為人擅長用各種計謀手段，壞心眼多，面對貿然出現的『外來闖入者』，沒有人會跟你客氣！

而一些超大的，諸如東西方神話傳說具現出的秘境更是恐怖到無以復加，那裡已經不能算是秘境，而是真正的異世界！

迄今為止，幾乎無人敢深入探索。

還有些秘境裡面隱匿著古老的修行宗門，因為災變而出現，那些地方同樣是人類禁區。

如果說人秘境最可怕，那麼緊隨其後的鬼秘境，則最難纏，精神體本就難對付，更不要說是由人變成的鬼。

秘境不通外界，除非擁有空間能力的高等級生靈，可以撕開空間進入現世，否則就算再強也都沒辦法主動出來。

除了鬼秘境，裡面的『好朋友』可以悄無聲息的跟著進入者，去到現實世界。

他們都是精神體，存在於三維生物無法感知的特殊磁場中，可見的那種還好些，可以通過槍械或是神通術法對付，恐怖的是那些不可見的！

他們遠可精神御物傷人，近能上身控制甚至徹底奪舍。

對絕大多數修行者來說，精神體殺起來相當困難，性價比低，得不償失，所以他們寧可去其他秘境面對那些可見危險，也不願沾染鬼魂。

鬼秘境又分兩種，一種自然形成，像是地府被切開的一角，裡面住著各個朝代的亡者，這種難對付，但可以溝通。

另一種則是各種恐怖題材的影視劇、文學作品具現出的秘境，知道劇情會相對簡單，不過缺點也很明顯——難以溝通。

不像前者幾乎都跟現世一脈相承，後者只會遵循創造他們的劇情行事，只知殺戮。

許彌前往的這個鬼秘境屬於前者。

如果不是從小就能看見，如果不是今天刷出的屬性是絕對碾壓，他也會和其他人一樣，絕不會打這裡主意。

飛車開啟隱身功能，一路風馳電掣，沿途順利避開各種大大小小的秘境以及附近的雷達觀測站。

穿過因靈氣溢散而生長茂盛的原始叢林，許彌只用了十幾分鐘，就來到這處秘境。

鬼秘境固然可怕，裡面卻產出各種市面稀缺的精神系藥材，提升精神力的東西向來價格昂貴，若是能採到那種極品的，更是可以直接換取大量靈石，那就不是能用世俗金錢來衡量的了。

許彌沒想過跟裡面的強大鬼物硬碰硬，為此特地準備了大量香燭紙錢，不行就送點，畢竟殺戮不是目的，資源才是。

把車停好，依舊開啟著隱身功能，免得被那些大集團的雷達發現，生出不必要的麻煩。

這處秘境很顯眼，入口處方圓百米寸草不生，都是光禿禿黑乎乎，散發著陰冷氣息的石頭，走近後更是能感受到那股直入骨髓的陰冷。

許彌默默運行心法，觀想精神識海中的七彩蓮，身體頓時傳來一股暖意。

肉身為陽，精神屬陰，太乙蓮花經帶給許彌的不僅僅是開啟修行之門那點好處，更是讓他的身體機能得到難以想像的進化！

按照林瑜的說法，若是能夠得到全篇，甚至有機會將靈魂修成陽神，肉身修成不壞聖體！

即使只有半篇，也才進入第二境，但應付這種鬼秘境，已是綽綽有餘。

走到空間波動最強烈的地方，許彌催動秘法，隨手一撕，一道可以通過的空間裂縫出現在眼前。

其實只這一手，就已經讓很多修行者望塵莫及，這不僅需要熟練掌握空間術法，還得進入練氣五層，踏入知神領域才行，許彌目前差的只有靈力。

進來後，天地間一片灰濛濛，陰風陣陣，四周一片寂寥。

如果再彌漫起大霧，天空掛著一顆綠色的月亮，就跟許彌夢境中的秘境差不多了。

往遠處望去，陰暗山脈在遠方綿延起伏，像是一條蟄伏在那裡的巨龍，散發著令人望而卻步的恐怖氣息。

許彌深吸口氣，背著裝有香燭紙錢的背包，朝那個方向走去。

剛走出幾百米，前面就飄過來一道白色影子。

這是個身穿白裙的女子，遠遠看去，她身段妖嬈長髮飄飄，似乎很美，接近才發現沒有五官，整張臉都是白板，詭異而又可怕。

白衣女鬼就這樣直直朝著許彌飄了過來，想要看到他們，要麼天生精神力強大，要麼就得進入練氣五層，成為知神境的修行者，但兩者之間還是有著很大區別的！

許彌是能直接用肉眼看見，後者卻是因為境界到了知神，可通過強大的感知能力去捕捉周圍的精神波動，再將對方樣貌投影具現在精神識海。

前者無需動用任何能力，一覽無餘，後者卻需要時刻動用術法，孰優孰劣，自然不言而喻。

白衣女鬼飄到許彌面前就停下了。

許彌直接開口問道：「妳有事嗎？」

白衣女鬼散發出陰冷的精神波動，道：「我沒有臉！」

許彌吹噓道：「要我幫妳畫嗎？我畫畫不錯！」

白衣女鬼再次重複道：「我沒有臉！」

許彌瞄了眼對方平板身材，又道：「妳還沒有胸呢。」

嗖！白衣女鬼猛地向他撲來，帶起一股陰風。

許彌抬手就是一拳，沒動用他那可憐的靈力，而是催動太乙蓮花經，純粹以肉身陽剛血氣對敵。

噗！許彌這一拳直直從白衣女鬼身上穿過，對方在精神層面發出一聲淒厲的慘叫，身上剎那間燃起一道無形之火，雖然很快滅掉，影子卻淡了許多。

「有話不能好好說嗎？最煩妳這種一上來就撲的，老子又不是唐僧，吃了能長生不老，沒事兒撲我做什麼？」

許彌罵罵咧咧向白衣女鬼走去，白衣女鬼頓時頭也不回的跑了，飄得飛快，一眨眼就沒了影子。

絕大多數的鬼都不講道理，哪怕打不過也要上來比劃比劃，吃了虧才知道害怕。

許彌一路胖揍了十幾個這樣的遊魂，最終來到那座陰山腳下。眼前一條羊腸小徑蜿蜒向上，半山腰那裡還能影影綽綽看見一片宅院掩映在樹林中。

在這種地方擁有獨立房產都不是一般鬼，許彌不打算去拜訪，他只想找些值錢的藥材。

就在許彌打算叢林時，身後突然傳來一陣喧鬧的鼓樂嗩吶聲，回頭看去，一條長長的迎親隊伍正順著山邊小路，緩緩映入他眼中。

這支隊伍像是憑空生出來的，吹吹打打，好不熱鬧！

中間一頂轎子，沒有人抬，自己漂浮在半空，旁邊一道影子騎在馬上，有童子牽馬，有少女撒花。

仔細看去，轎是紙轎，馬是紙馬，人是紙人。

騎在馬上的紙人胸前掛著一朵大白花，五官看上去還很精緻立體，眉清目秀，但卻充滿詭異。

那些侍女隨從，童男童女和鼓樂隊伍就顯得有些敷衍了，不是嘴歪眼斜就是高低眉，看著就很醜陋。

許彌搖搖頭，鬼他從小見多了，鬼娶親還是頭一次見，但他並不想湊這個熱鬧，更沒想過去參加，正打算悄悄溜走，耳畔突然傳來一道平和的聲音。

是聲音，不是精神波動！

「既然趕上了，就一起熱鬧下吧。」

許彌猛地回頭，就見一個穿著長衫的老頭十分突兀地出現在他身後十幾米外，一張如同橘皮的老臉上帶著瘮人笑意，正陰測測地看著他。

這不是紙人，而是活人模樣的鬼魂！

老者一邊盯著許彌，一邊用力抽動鼻子。

「好香啊！你身上帶好吃的了？拿點給我，啊，好香好香，好久沒有聞到這麼香的吃食了！」

說著，就往許彌這邊飄過來。

許彌看著老者說道：「拿東西來換。」

「拿你的命換可以嗎？嗯？可以嗎？」老者一臉貪婪，愈發用力吸著鼻子，喃喃道：「東西給我，我不殺你，放你離開，東西給我，快給我……」

許彌面色平靜，話語卻變得強勢起來。

「要麼拿寶物來換，要麼就滾遠點，我沒工夫跟你閒扯！」

「真不知死活啊！」

老者猛然間大嘴一張，從裡面伸出一隻黑乎乎的手！像是可以無限延伸，瞬間暴漲十幾米，朝著許彌脖子就掐了過來。

許彌抬手就是一拳，重重砸在這只鬼手上，觸碰瞬間，一股恐怖的陰寒之氣襲來，被他強大的肉身血氣化解掉。

許彌化拳為掌，一把扯住這只鬼手，用力一甩！

嗷！老者發出一聲淒厲慘叫，身子被掄了起來。

嘭！被許彌像是甩大鞭似的狠狠摔在地上，接著又掄起來，再摔！

嘭嘭嘭！行過來的迎親隊伍剎那間聲息全無。

所有紙人、紙馬、紙轎子齊刷刷停在那，看向許彌，騎在紙馬上的新郎官突然發出一聲怒吼。

「敢傷我父親？死！」

說著，新郎官凌空撲過來。

許彌依舊一手抓著那只鬼手，另一隻手從口袋裡掏出個噴槍打火機，啪嗒一按，長長的幽藍火焰噴湧而出。

「敢過來老子一把火燒了你！」

嗖！紙人又迅速回到紙馬上面。

新郎官大聲喊道：「兄台冷靜，有話好說，莫要傷人！」

許彌無語，真是個機靈鬼！

這時依舊被抓著鬼手的老者已經被許彌打得氣若遊絲，發出精神波動的哀求。

「大能，收了神通吧，老朽服了。」

一道虛影卻從迎親隊伍的童男紙人身上飄出，偷偷繞到許彌後面，呲牙咧嘴的，打算偷襲。

許彌再次掄起老者，狠狠砸向那個方向。

嘭！頓時將那虛影砸得四分五裂。

「住手！」

一聲厲喝，驟然從半山腰那片宅院處傳來。

下一刻，一道身披鎧甲的影子轉瞬即至，出現在許彌面前，上下打量。

「哪裡來的小後生，竟如此凶殘歹毒？」

許彌打量著這個古代軍人打扮的鬼魂，見他模樣威武，腰間佩劍，穿著殘破的鎧甲，散發出很強的氣場。

「我只是無意路過，打算採點藥材，這位老先生卻想要我性命。」

許彌不疾不徐，死死抓著那只不斷掙扎的鬼手，從容解釋。

「既然如此……」

眼前古代軍人打扮的鬼魂對著許彌看了又看，霍地抽出腰間佩劍，一劍劈來。

「那就去死吧！」

這一劍非同小可，宛若戰場上的猛將，威勢無雙，勢大力沉，不僅有風雷之聲，還有陰火從劍上嗤出！

顯然是個修為很深的鬼將，已經可以動用練氣四層以上才能實現的術法。

許彌舉起那只鬼手來擋。

噗嗞！無比堅韌的鬼手胳膊被斬斷，老者吃痛發出哀嚎。

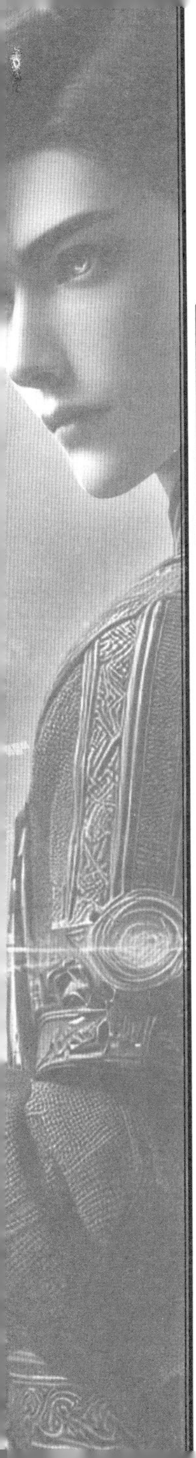

第八章

鬼新娘

許彌身形一閃，催動體內靈力，仗著絕對碾壓的加成，以練氣三層修為強行凝聚出一把靈刃，順著鬼將的劍向下切。

鏘！火星子四濺！鬼將手腕一抖，將許彌凝聚出的靈刃磕開，身形往後退了十幾步，一雙虎目驚疑不定的看著許彌。

「你實力有些古怪，不打了！」

「你說打就打，你說不打就不打？」

許彌知道這個秘境不簡單，裡面還有更強的高手，但既然已經招惹，那就不能輕易結束。

須知鬼話連篇，不可輕信。

許彌腳下踏著步法，憑藉太乙蓮花經第二境的強大肉身，揮動靈刃，衝向這名鬼將。

鬼將被迫應戰，也是滿心怒火，怒吼著跟許彌激戰。

許彌很快便用靈刃將對方本就殘破的鎧甲再次斬破幾處，有黏稠的黑色液體，如同血液般流淌出來。

鬼將也被打出火氣，怒吼道：「年輕人不要得理不饒人，我看你靈力能夠堅持到幾時？」

若無屬性加持，此刻的許彌連靈刃都凝聚不出，他能堅持個鬼？但現在他根本不懼威脅。

刀法精妙凌厲，身法詭異刁鑽，打得對方很快就沒了還手之力，身上傷痕累累。

就在這時，半山腰那棟宅院裡又有大量身影不斷湧出，絕大多數都是遠遠看著，少數躍躍欲試，但也都不敢輕易動手。

嘭！許彌一腳將這鬼將踹飛出去，身形一閃，衝到對方面前，手中靈刃光焰閃爍，抵在他喉嚨處。

四面八方一片死寂，所有鬼都被嚇得不敢作聲。

被斬斷喉嚨鬼手那老者撲通一聲跪在地上，大聲哀求。

「高人手下留情啊，有事好商量，千萬別殺他。」

就在這時，始終沒什麼動靜的紙轎子裡面，突然傳來一道幽幽女聲。

「人間修士還請手下留情，妾身願將嫁妝送上，只求換取平安。」

聲音雖然陰冷，但卻帶著幾絲甜膩。

許彌頓時察覺對方在動用精神層面的術法，不過倒是沒什麼惡意，想要讓他冷靜下來而已。

許彌緩緩收刀，默默感知一下，體內靈力依舊充沛。

就在剛剛，那紙轎子裡隱隱透出一股讓許彌頭皮有些發麻的氣息，像是潛伏著一頭恐怖巨獸！

許彌看著躺在地上的鬼將，說道：「我未曾招惹，你們卻對我喊打喊殺，只能被迫還手，因此攪了你們家的喜事也非我本意，這樣吧，彩禮我不要，我這還有些香燭紙錢，就當給新人賀禮，大家化干戈為玉帛如何？」

這話一出，老者、鬼將、馬上的紙人新郎官和轎子裡未曾露面的新娘子都愣住，半晌沒說話，沒想到這人明顯占據上風的情況下，居然主動放過了他們。

轎中女子輕輕把手從懷裡抽出來，重新封印了那件法器，別說今天是她大喜日子，便是平時，她也不願平白和人拼命。

許彌將背包裡的東西拿出來，點燃香燭，燒起紙錢，其實不點燃也沒關係，但這樣會『更香』。

遠處那些原本不敢過來的鬼群頓時躁動起來，鬼將冷冷往那邊掃了一眼，這才稍微安分點，不過依然能感受到那群鬼的貪婪眼神。

紙轎子的轎簾緩緩打開，從裡面走出個眉目如畫的豔麗女子。

雖是紙人，卻不見絲毫詭異，她鳳冠霞帔，身段妖嬈，朝著許彌行了個萬福，聞見香味，也忍不住深深吸了口氣。

鬼新娘怯生生道：「來而不往非禮也，妾身這有冥參一株，冥芝二斤，願贈與先生，一來感謝不殺之恩，二來感謝贈禮之情。」

說著，鬼新娘手中出現一個陰沉木的盒子，還有個小布袋。

鬼新娘看著許彌說道：「先生很特殊，不僅能夠看到我們，還是個心有善念之人，我柳氏山莊願與先生交好，另外提醒先生一句，此地並不太平，貿然進山採藥，恐遭不測！」

老者訕訕走來，朝著許彌躬身施禮，說道：「感謝先生大度，我等非凶惡之鬼，傷人實屬無奈，外來者進入此地皆心存惡念，想要掠奪我們財富不說，還要斬殺我等，取走好容易凝練出來的晶石。」

那鬼將也嘆了口氣，起身說道：「我們都是苦命鬼，在此艱難度日，外面世界發生劇變，我們原本還能偶爾享受到的香火徹底因此中斷，又被人排擠到這裡，你若不嫌棄，我們可以交易，丫頭說的沒錯，此地凶險，不可貿然進山！」

這也是許彌沒有把事做絕的原因之一，還是那句話，他是為了資源來的，不是斬妖除魔。

鬼物出了名的不好打交道，自家血脈先祖還好，只要後輩誠心祭拜，先祖便會給予庇佑，其他大多鬼話連篇，一不小心就會被算計。

如果真能跟這柳氏山莊達成協議，對許彌百利而無一害！

他們所求無非是香燭紙錢這些人間花不了幾個錢的東西，最多搭上自己一點誠心贈與的念力，卻可換到各種只有陰間才能產出的修行資源，這筆買賣划算的很。

「先生可否到莊園一敘？」

鬼新娘似乎身分不一般，當著公公和丈夫，也頗有一種這個家我可以做主的架勢。

看那老者和新郎並無異議，許彌點頭道：「也可！」

變回『灰姑娘』之前，擁有絕對碾壓屬性加成的他不怕這群鬼耍什麼花招，就算來個超凡級的，許彌也有信心與之一戰。

鬼新娘回到轎中，喧囂熱鬧的鼓樂嗩吶再次響起，許彌則在鬼將和老者的簇擁下，來到這座山莊。

觀禮一對新人拜堂後，許彌被請到會客廳。

交流過程中，他也知道了這個精緻漂亮的鬼新娘來歷，知道了他們這座山莊目前處境。

外面世界發生災變後，這處原本屬於陰間地界的空間被隔絕開來，形成獨立的秘境世界，裡面生活的所有鬼魂全都沒了依託。

如同無根浮萍，孤苦無依。

此地並不富饒，鬼新娘送的東西已經是他們能夠拿出來的最貴藥材。

沒有來自外界的供奉和祭祀，又無法離開，為了資源，內部自然會發生激烈爭鬥，這次她嫁過來，就是兩股勢力聯姻的結果。

鬼新娘出身大族，換做災變發生前的時代，要麼進入地府轉世輪回投個好人家，要麼也是在陰間逍遙自在，不可能輕易與人聯姻結冥婚。

如今被逼無奈，只能抱團取暖，否則要不了多久，她的家族和這裡的柳氏山莊，都得被人吞併。

屆時不會有任何好下場，要麼為奴為僕，要麼被強者煉化，魂飛魄散！

許彌有些奇怪，問既然如此，之前也不是沒人進來，為什麼沒考慮過和那些人交易？

對此，鬼將有些無奈的嘆了口氣。

「當然想過，但進來那些人都沒有先生這麼強大的精神力，無法看到我們，勉強能溝通的，要麼心懷不軌行欺騙之事，要麼很快就被鬼王那邊的部眾殺害。」

「鬼王？」

這個名字許彌並不陌生，這處秘境在冰霜城很有名，是著名的鬼窩，關於鬼王的傳說他從小就聽過不少。

鬼將點點頭道：「沒錯，災變前他曾被人供奉，擁有很深修為，災變後他作為此地最強者，霸占了所有資源，我們原本並不在這裡，都是受不了他的殘暴統治才不得不舉家搬遷，遠遠避開。」

鬼新娘又道：「剛剛提醒先生此地危險，指的也是鬼王和他的勢力，不過看先生也是個有本事的人，您若願意助我等滅掉鬼王，我們願與先生合作，今後此地產出所有資源皆歸先生支配！您只需不時給予我們一些香燭紙錢便可。」

這是個有野心的鬼，剛剛在紙轎子裡，許彌若不依不饒，這女子十有八九會出手。

許彌思忖，進到這座宅院之後，鬼新娘也不再是紙人模樣，一身衣裳有了顏色，在房間裡的璀璨燈火映襯下，活色生香，是個美豔的古裝美人。

許彌沒有貿然答應，只是說道：「鬼王的事情再議，現在倒是可以談談交易，我能給你們提供香燭紙錢，但是你們打算拿什麼來換？」

鬼新娘思索片刻，說道：「剛剛那種冥參每年可以拿出兩株，冥芝大概能採二十斤，其他藥材品質肯定不如冥參和冥芝，但也能產出幾百斤乾貨。」

說著，鬼新娘微微一嘆。

「幽冥世界資源匱乏，那些好的區域都被鬼王勢力所霸占。」

許彌臉上看不出太多表情，心裡已經很滿意。

陰間秘境出來的東西，只要是藥材，就算最普通那種，處理後也可提升精神力量，諸如冥參、冥芝這種名貴藥材，更是極為昂貴，供不應求。

像許彌剛剛獲得的百萬獎金，最多能買二兩冥芝，至於冥參，怕是連根參須都買不起。

這就是成為修行者的好處，一夜暴富不是夢想，當然，這一切的前提都建立在實力基礎上。

如果不是憑藉『外掛』鎮住這群鬼，自己現在哪有資格坐在這燈火通明的陰間大宅裡，和他們心平氣和談交易？早就被撕了！

修行者喜歡殺鬼取晶石，鬼同樣可以斬殺修行者，吞噬陽間血肉！

鬼新娘見許彌似乎不太滿意，也有些無奈。

「如果先生願意，我們還可以派出些機靈的鬼童跟在先生身邊，為您所用！」

「我要他們幹啥？」

許彌扯了扯嘴角，隨後鬼新娘又開始解釋。

「作用大了！先生莫要看不起他們，別看都是童子模樣，實則都是少則活了幾十年，多則幾百年的老鬼，只不過死去時候是孩童模樣，又缺乏修行資源，無法成長，但他們都很聰明伶俐，只要給點吃食，便會忠誠於先生，既可以打探情報，又能害……咳咳，又能幫先生去做一些不方便親自出面的事情。」

聞言，許彌看了鬼新娘一眼。

「修行者只要踏入練氣四層的入微境，便能感應到精神體，五層之上更是可以輕鬆斬殺沒什麼修為的魂魄，普通人的話，我也犯不著用鬼物去針對，這個沒意義，換一個！」

鬼新娘思忖著，臉上露出為難之色，其實他們真正想要的是幹掉那尊鬼王！

看似也可以求許彌帶他們離開這處秘境，可外面難道就安全了嗎？

到處都是修行者，隨時可能被幹掉取晶，還不如老老實實躲在這裡，只要鬼王一死，他們自然也就自由了，到時可以通過交易，源源不斷從外界換取所需，不斷提升自己。

不過鬼新娘也明白，鬼王實力強大，麾下強者如雲，非親非故，拿不出足夠好處，眼前這人不可能答應。

身著鎧甲的鬼將開口說道：「如果先生能弄來一些厲害的武器，或是高級符籙，我倒是可以將墓地位置告知，那裡面有些陪葬品還不錯，應該可以賣個好價錢。」

許彌無語，沒見過讓人去挖自己墳墓找陪葬品的，也看出來了，這就是一群窮鬼，榨不出多少油水。

許彌當即說道：「行吧，那就先這樣，有什麼換什麼，你們放心，我這人最是誠實守信，公平公正，做事肯定不會讓好朋友吃虧，你們先準備好物資，我會儘快過來交換。」

鬼新娘看著他道：「先生下次什麼時候來？」

許彌心說這要看什麼時候能刷出厲害屬性，不然我可不敢輕易過來。

「我會儘快！」

隨後許彌婉拒在這裡用餐的邀請，大方將剩下的香燭紙錢留下，帶上鬼新娘給他的冥參和冥芝告辭離去。

老者帶著兒子兒媳，跟鬼將一起，將許彌送到宅院門口，目送著他離去。

良久，老者輕輕嘆了口氣，有些猶豫的說道：「要不下次他來，咱們好好求求，讓他帶你們兩個出去吧！運氣好說不定還有機會做人，留在這裡，早晚會被鬼王發現。」

新郎官頓時露出意動之色，身為人時不知珍惜，化身為鬼方才渴望。

鬼新娘眉梢一挑，拒絕道：「公公莫要再說這種話了，我娘家婆家都在這裡，怎麼可能丟下親人逃離？再說人家憑什麼帶我們出去？我有直覺，這人說不定可以為我們帶來轉機！」

鬼將說道：「我也覺得這是個難得的機會，可惜咱們能給的實在是太少，人家看不上眼。」

新郎官突然小聲說道：「為何不能算計他一下？下次他來，想辦法將消息透露給鬼王，讓他們雙方火拼，我等豈不是可坐收漁翁之利？」

這話一出，幾個鬼都忍不住看向他。

「怎麼了，我說的不對嗎？」

新郎官站在院子裡，恢復人的模樣之後也稱得上是英俊瀟灑玉樹臨風。

老者狠狠瞪了他一眼，道：「說的什麼鬼話？你當人家傻？還是覺得鬼王可欺？咱們好容易才找到一個能夠與之溝通交易的人，你居然想讓鬼王知道，是生怕我們魂飛魄散得不夠快嗎？」

鬼將拍了拍新郎官肩膀，嘆了口氣，啥也沒說，進屋喝酒去了。

鬼新娘看了眼茫然不知所措的丈夫，想說點什麼，最後也是嘆了口氣，轉身去招呼那些賓客了。

新郎官有點委屈，他當年也曾是秀才出身，一點都不覺得自己這驅虎吞狼的計謀有什麼問題，為什麼這些人都不理解他呢？

而且鬼王又不是孤家寡人，既然打不過，投靠加入就是了，為何非要現在這樣躲躲藏藏？

想到妻子在那年輕人面前卑躬屈膝的模樣，他心裡便忍不住升起一股怒火。既然你們沒有這個勇氣，那就我來承擔！

此時，許彌在出口附近站了一會，聽著耳機裡面傳來的各種『鬼話』，也終於放下心來。

先前還當這新郎是機靈鬼，結果整個柳氏山莊只有他是蠢貨，看來以後交易沒什麼問題了。

許彌留下那個裝著香燭紙錢的包裡有竊聽器，跟鬼打交道，不得不防。

從秘境出來，頭頂已是滿天星斗，時間也來到晚上八點多。

許彌長長出了口氣，揉了揉有些疲憊的眼角。境界太低，處在那種陰間幽冥環境，接連幾場戰鬥，又跟一群鬼談判，精神始終緊繃，不累是不可能的。

上了車，打開通訊器，發現群裡依然很安靜。給唐悅溪發條資訊過去——唐同學，車用完了，現在給妳送去？

那邊沒回，許彌也沒在意，開著車子朝城裡方向飛去。

冥參和冥芝許彌不打算在冰霜城賣，太招搖了，容易被人盯上，可以掛在戰網上，以匿名方式通過平台銷售。

許彌還打算自己買輛飛車，開學前估計還得過來幾次，總不好一直蹭人家小富婆的吧？

再說這車雖然高級，可以遮蔽雷達探測，卻未必能夠遮蔽唐爸的關注，事關安全，老唐不可能完全不留意女兒這輛車的行動軌跡。

實際上，人家知道的比許彌想像中還要更早，唐潤昌在飛車出城那會兒就已經接到消息！

一個名叫張麒，自稱是唐悅溪同學的人打電話到他辦公室，說看見唐悅溪的車好像往城外方向飛走，有點擔心，特意通知叔叔一聲。

唐潤昌知道張麒，和女兒一樣，是個很早就被特招進一大戰院的天才，所以也沒懷疑真偽。

當時就把唐潤昌給嚇得不輕，女兒雖然利用假期有很大提升，但卻沒有任何實戰經驗，戰網不算，那畢竟是假的。

貿然出城，一旦進入秘境，後果不堪設想！

唐潤昌在謝過張麒後，第一時間就給女兒打去電話，那邊卻說自己在家，並沒有出去。

唐潤昌有些困惑，那妳車子哪去了？

唐悅溪說借人了，唐潤昌沒問借給誰，下班後火急火燎回到家。

當著妻女，說起張麒給他辦公室打電話的事情，言語中很感激張麒好心，同時也好奇女兒把車借誰了。

唐悅溪聽後有些無語，忍不住小聲嘀咕一句多事。

楚彤見女兒模樣，笑著問道：「怎麼了，人家張麒也是好心提醒，妳好像有點不太高興？」

唐悅溪便把她拉許彌進群，張麒不滿退群，還當面嘲諷許彌的大致經過講了一遍，也說起秦國官方那條新聞下面有人公開許彌資訊的事情。

「群裡有人懷疑是他幹的。」

「所以妳是把車借給許彌了？」

楚彤笑吟吟問了句。

「許彌跟我說要用一下車，我就讓他開走了。」

聞言，唐潤昌微微皺眉。

「他說要用妳就借？」

唐悅溪點點頭，也不覺得有什麼奇怪。

「是呀，都是同學，總不好直接拒絕吧？」

「那妳怎麼從來沒借過別人？」

唐潤昌忍不住一問，於是唐悅溪有些奇怪的看了眼爸爸。

「別人也沒跟我借過呀？」

唐潤昌無語，楚彤又在一旁繼續詢問。

「妳們班那個張麒是不是喜歡妳？」

「我沒感覺到。」唐悅溪搖頭，即使孫禦烽說過張麒喜歡她，她也從來沒往那方面想過，只當同學相處。

倆口子對視一眼，楚彤說道：「這個張麒小心思有點多，不適合妳，倒是許彌……」

唐潤昌瞪著眼睛道：「許彌也不行！」

這時正好許彌的消息發過來，唐悅溪看了眼，對爸媽說道：「許彌說車用完了，現在要給我送回來。」

楚彤笑呵呵站起身，道：「既然來了，就請他到家裡坐坐，我去弄幾個菜，老唐你和他喝點，正好瞭解下這孩子。」

唐潤昌沒出聲，只是皺眉看著妻子。

楚彤漸漸收去笑容，淡淡說道：「我承那邊的情，但我不希望自己女兒成為聯姻犧牲品，她喜歡誰就找誰，旁人少來干涉。」

唐潤昌嘆了口氣，說道：「人家不也沒說什麼，妳對那邊的成見太深了，還有女兒都沒說什麼，妳就不要跟著瞎摻和了吧？」

楚彤當著女兒沒再多說什麼，看著唐悅溪道：「寶貝，妳出去迎迎，待會兒把人請進來。」

說著，楚彤便往廚房走去，唐悅溪哦了一聲，起身出門。

見狀，唐潤昌滿頭黑線，我這一家之主就這麼沒地位嗎？

請人來家吃飯，都不徵求下我意見的？

嘆了口氣，唐潤昌起身去書房找酒去了，好的、老的、貴的都藏好，堅決不往外拿！

許彌本打算把車送回來，客氣一句改天請妳吃飯就趕緊回家幹正事兒，結果唐悅溪卻說她媽要請吃飯。

「妳媽請我吃飯？」

許彌有點茫然，也有點慌，再怎麼成熟沉穩，終究也還是個十八歲的年輕人。

「還有我爸。」唐悅溪想了想，決定帶上爸爸。

許彌嘴角抽了抽，這突如其來的邀請，讓他有種要見家長的感覺，問題唐悅溪也不是他女朋友啊！

自己只是來還車的，結果兩手空空去人家吃飯，這合適嗎？早知道就從老媽超市裡帶點東西過來了。

「不好吧？都這麼晚了……」許彌打算婉拒。但唐悅溪俏生生站在那兒，一雙水潤眸子看著許彌，聲音軟軟柔弱的。

「剛八點多，我爸也才回來沒多久，都沒吃呢。」

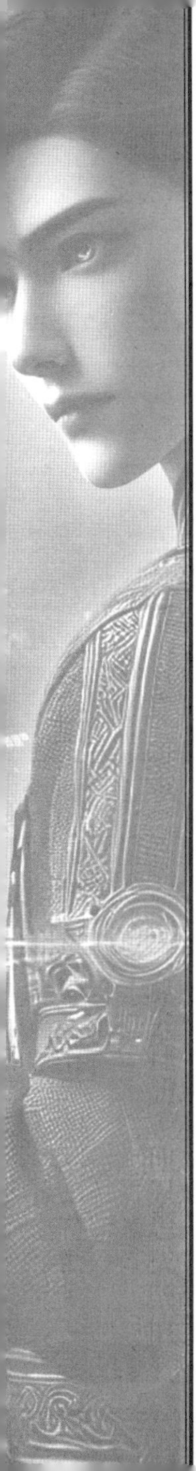

第九章

唐家晚餐

這時楚彤出現在門口，手裡拎著個鏟子，一臉熱情的招呼。

「許彌快進來，阿姨正做著菜，就不特意招呼你了，不要客氣！」

身後坐在沙發上的唐潤昌氣鼓鼓地看著老婆，楚彤轉身瞥了他一眼，小聲警告。

「當年第一次去你家連門都沒進去，我不會讓這種事情在我眼皮底下發生第二次，女兒談不談戀愛不重要，我只希望她知道，她的爸媽不是那種居高臨下俯視別人的人，只要是她的朋友，無論什麼身分我都會一視同仁，給予尊重。」

此時外面，楚彤親自出來邀請，許彌不好再推托，只能硬著頭皮跟唐悅溪一起穿過種滿花草，芳香幽靜的小院兒，往裡面走去。

聞著旁邊女孩兒身上飄來的清香，忍不住問道：「啥情況啊，唐同學？妳給交個底唄？」

唐悅溪眨眨眼，說道：「我不知道，可能我媽這人比較熱情吧？」

聞言，許彌頓時無語。

進屋後，唐悅溪主動拿出一雙嶄新的拖鞋遞給許彌，對沙發上的唐潤昌開口。

「爸，許彌來了。」

唐潤昌抬起頭，微微點點頭，擠出個笑臉，語氣平和的邀請。

「過來坐吧。」

「唐叔叔好，給您添麻煩了。」

許彌很禮貌地打了個招呼，楚彤廚藝不錯，很快做好四涼四熱八道菜，擺在餐桌上顯得十分豐盛，看著桌上還放著的兩瓶『秦酒』，許彌一時間也不知道這究竟是頓什麼飯。

許彌能感覺出唐潤昌似乎有點不太待見他，楚彤倒是熱情，但也猜不出人心裡是怎麼想的。

既來之則安之，許彌大大方方上了桌。

唐潤昌問道：「能喝點吧？」

許彌朝唐悅溪看了一眼，回道：「叔叔我沒喝過白酒。」

妳爸是不是想灌我？唐悅溪眨著大眼睛一臉無辜。

「都成年了，男子漢大丈夫，喝點酒沒事！」

唐潤昌頭也不抬，直接打開一瓶，慢條斯理的倒滿兩個一百毫升的分酒器，這才抬頭看了眼許彌。

許彌忙起身接過，楚彤看著女兒。

「咱倆也喝點吧。」

「我也要喝嗎？」

「妳馬上就要離家求學，喝酒雖然不是什麼好習慣，但對成年人來說也是必不可少的應酬，就當提前練習一下。」

說著，楚彤拿出啤酒，抽出兩瓶，手指輕輕一動就把瓶蓋起開。

唐潤昌臉上笑容都快維持不下去了，他不反感許彌，相反對這年輕人的印象還很不錯，卻遠沒到把他當成女婿看待的地步，所以他不理解妻子是怎麼想的。

家族雖然有點那方面的意思，但沒有任何強迫，甚至都沒明說，反觀妻子像是受了什麼刺激，大有要把女兒跟許彌撮合到一起的架勢。

來者是客，唐潤昌不好當面說什麼，心裡終究還是有點彆扭的。

唐悅溪看著有點社恐，安安靜靜的，她媽卻明顯是個交際花，從第一杯酒開始，就掌控了整個飯局的節奏。

不過也不強勢，表現得溫柔知性、十分善解人意，總能恰到好處找到適合許彌的話題，同時還照顧到丈夫和女兒，讓餐桌始終保持著溫馨平和又不失熱鬧的氛圍。

飯局進行到三分之一，許彌已經不知不覺喝到第二壺。

狀態微醺，感覺這頓飯應該不是鴻門宴，倒是有點像一家四口的日常。

心中突然有點難過，心疼媽媽，懷念爸爸。

這時，就聽整晚話都很少的唐潤昌，突然像是不經意的對女兒提了一句。

「你們班那個張麒挺熱心，今天見妳車子開出去，就主動往我辦公室打電話……他大概沒看到是小許把車開出去的吧？」

「應該沒有吧？」

唐悅溪下意識回了一句，隨後有點奇怪地抬頭看了眼爸爸，以為他喝多了，剛才不是都說過了？

許彌微微一怔，張麒通知的唐爸？還真是陰魂不散啊。

許彌收起情緒，端起酒杯對坐在對面的唐悅溪說道：「還沒感謝唐同學今天把車借給我呢。」

唐悅溪這會兒也已經喝了兩瓶啤酒，姣好的面容在酒精作用下泛起一抹紅暈，眼神略微有點迷離地看著許彌。

「不用客氣的，許同學。」

唐悅溪端起酒杯，一飲而盡。

楚彤笑著端起酒杯，笑著開口。

「小許，你跟悅悅初中起就是同班同學，如今更是一起進入一大戰院，這很難得，她沒什麼社會閱歷，以後還請你多照顧點她。」

唐潤昌在一旁覺得這話有些不對勁，怎麼這麼像在託付呢？於是他補充了一句。

「把她當妹妹就行！」

聞言，許彌微笑著點點頭。

「好的，叔叔。」

妝容精緻的楚彤絲毫不見醉態，笑靨如花的舉杯。

「小許，老唐，還有悅悅，乾杯！」

等到唐潤昌要去開第二瓶酒的時候，已經喝了半斤的許彌連忙阻止。

「叔叔別開了，我不能再喝了，待會兒還得回家。」

「這邊有客房，待會兒告訴妳媽一聲，今晚就住這了，平日我也不怎麼喝酒，難得高興，多喝點沒事兒！」

唐潤昌並不高興，但想知道妻子的真實目的，這會兒稍微有點上頭的情況下，開始主動配合起來。

另外也有那麼一點點的不爽，這小子酒量怎麼這麼好，喝不醉的？

楚彤笑著道：「喝多今晚就住這。」

無奈之下，許彌只能硬著頭皮主動拿起酒瓶倒酒，總不好一直讓長輩給他倒酒。

十五年的秦酒很好喝，入口醇厚，回甘生津，但許彌依然覺得奇怪，夢裡的他酒量很好，現實卻沒怎麼喝過。

前陣子冰霜四五群聚會，是許彌人生第一次真正意義上的喝酒，不過也就喝了幾瓶啤酒，還有點暈。

今天喝到現在，半斤白酒下肚，幾乎沒什麼感覺。

許彌腦子裡靈光一閃，心說我那還沒過期的絕對碾壓，該不會是連酒量也能碾壓別人吧？

想到這，許彌主動端杯，先讚美楚彤廚藝，然後感謝唐潤昌盛情款待，最後感謝小富婆大方借車。

年輕帥氣有禮貌，成熟穩重敢擔當，不僅學習成績一流，又成功開脈，進了一大戰院……

有些醉意的老唐突然覺得這小子其實很不錯！

喝到興起，從不在家抽煙的老唐忍不住點了一根，輕拍許彌肩膀，很是稱讚了幾句，被楚彤凶，還一臉認真的反駁。

「我這抽的是煙嗎？那是咱大秦軍費！」

楚彤十分無語，最終兩瓶秦酒十五年都被喝光。

許彌把唐潤昌扶進屋子，他也留宿在唐家，睡在一樓客房。

二樓主臥，楚彤輕輕給丈夫按摩太陽穴，在緩緩輸入一點靈氣之後，唐潤昌清醒過來，第一句話就是——

「這小子怎麼這麼能喝？他說自己沒喝過白酒，該不會是騙我這個老人家的吧？」

聽見這話，楚彤沒好氣的白了他一眼。

「你才多大年齡就老人家了？還有啊，酒量這東西是天生的，看他喝酒的樣子，應該是沒怎麼喝過。」

楚彤拿起水杯遞給丈夫，唐潤昌咕嚕咕嚕喝了幾口，終於問出整晚最大的疑惑。

「楚彤，咱家寶貝都沒什麼表示，妳為什麼這麼看好他？不全是因為我家那邊的原因吧？」

「悅悅在情感方面有些遲鈍，需要我這當媽的在背後推她一把，總不能真像林瑜似的，整天就知道修行和工作，二十幾歲都不談戀愛吧？」

楚彤笑笑的回答，聽得唐潤昌有些遲疑。

「許彌長得太帥，人又優秀，有點太招風……」

「你當人人都跟你似的？」

楚彤瞥了他一眼，唐潤昌臉色頓時有點尷尬。

「至於為什麼看好許彌……」

楚彤主動岔開話題，略微遲疑了一下，輕聲開口。

「他被五二五所吸納了。」

唐潤昌愣了下，瞬間瞪大眼睛，有些不敢置信地看著妻子。

「怎麼可能？他不是才開脈？」

「才開脈不代表不優秀，你不是修行者，不明白裡面的道道，許彌天賦極高，黃教授特別看重他，想親自帶。」

「親自帶？收徒？」

唐潤昌驚聲詢問，隨後楚彤肯定的嗯了一聲。

「我老師說冰霜城可能出了個了不得的年輕人，讓向來正氣的老黃都忍不住為他開後門，人還沒正式加入就給出一篇頂級經文，那經文就算是五二五內部的人，也不是誰都有資格修煉。」

「能進五二五確實不一般，但是不是有點危險？」

「哪裡沒危險？走在大街上都能被從天而降的秘境吞噬，再說我也是五二五的，不是活得好好的？再說了，要是完全沒有危險，我會容許那件事？」

唐潤昌有點心疼的伸手摟過妻子，輕聲說了句。

「楚彤，對不起。」

「不說這個，你可能覺得我有點功利，但是你知道嗎，許彌已經被好幾個京城家族給盯上了。」

楚彤靠在丈夫胸前，吐出點內情，聽得唐潤昌有些驚訝。

「京城家族怎麼會知道他？」

「給你打電話的張麒，前陣子把許彌、林瑜和黃教授一起舉報了！」

唐潤昌愣住，有些不可思議。

「為什麼？」

「說他們暗箱操作，黃教授和林瑜專門去做了說明，聽說黃老氣得拍了桌子，事情也因此傳開，隨後就有好幾個家族的人開始打聽許彌詳細資訊，你應該明白那些人想要做什麼吧？」

唐潤昌點點頭，出類拔萃，身家清白人品又好的年輕人，從來都是豪門氏族除去聯姻之外，選擇女婿的不二目標。

隨後，唐潤昌皺眉道：「那個張麒，年紀輕輕怎麼能這樣？」

楚彤哼了一聲，道：「他的惡劣行徑不止這些，悅悅說她們群有人懷疑公開許彌資訊的人是他，其實不用懷疑，就是他幹的，這人年齡不大，人品卻有些卑劣。」

唐潤昌神色微冷，說道：「這種人也配進入一大的戰院？」

楚彤回道：「舉報是正常懷疑，沒什麼毛病，公開信息也可以用炫耀、賣弄去解釋，這些舉動固然噁心人但都不犯法，只能回頭提醒小許以後防著點。」

說完，楚彤又提醒道：「老唐，其實小許能否和悅悅走到一起，不是咱們能決定的，這孩子有勇有謀還有擔當，成了我樂見其成，不能成，當個關係很好的朋友也是好的，我留他吃飯，一方面想給年輕人創造點交流接觸的機會，另一方面也是一種態度，無論哪種心態惦記許彌的，都得好好重視他。」

午夜過後，許彌『水晶鞋』被收走，終究還是年輕，沒有酒精考驗，先前靠絕對碾壓暫時被封印的酒精開始興風作浪。

好在也是許彌足夠年輕！身體在不斷修行太乙蓮花經後得到大幅提升和進

化，倒也沒怎麼難受，只是睡不著，可能也跟新刷出來的屬性有關。

絕對回憶，這屬性太霸道了。

大腦化身超級電腦，哪怕是許彌剛出生沒多久的災變前畫面，只需一個念頭，就能瞬間搜索出來。

塵封已久，逝去多年的父親再次出現在許彌腦海中，無比清晰，鮮活而又生動，還有很多過去曾因年少而忽略的事情。

比如始終隱藏悲傷，每到父親忌日、節假日在他面前強顏歡笑的母親，比如失聯多年的親人在重新聯繫上的時候，和方芸隔空流淚的場景。

許彌有些不敢繼續回憶這些，每一幀畫面都是痛。

隨後腦海中又開始不斷閃過朱雀、灰熊和猴子那些人的音容笑貌，儘管只有一個多月的相處經歷，但印象卻太過深刻！

「他們真實存在於這個世界嗎？如果也在，我還有機會見到他們嗎？灰熊應該和我年紀差不多，猴子小幾歲，朱雀比我小了足足十幾歲，現在才六七歲？她說如果有下輩子讓我早點找到她，可是我要到哪裡去找妳呢？就算找到，妳也不會認得我……」

隨後，許彌又想到唐悅溪，這個從初一到高三，六年同班，加起來都沒說過幾句話的老同學，記憶中永遠都是一副清清冷冷的模樣。

進入班級就開始認真學習，下課就走……

要不是許彌成功開脈，『混』進修行界，怕是這輩子都沒機會瞭解到唐悅溪的真實一面。

還挺可愛的，她媽到底啥意思？為啥對我這麼熱情？想要撮合我倆？

許彌覺得不可能，不說唐悅溪背後隱隱現出龐大家族的影子，利用假期進京一次就從入微到知神，即便只是冰霜城的唐家，那也是實實在在的權貴之家，不該是許彌這種普通人家孩子惦記的。

可能只是單純希望女兒進入戰院以後，身邊能有幾個好朋友照顧她，如果今天來的是趙羽瀟、孫禦烽和董佩雲等人，也會被熱情款待的吧？

許彌想著，最後也不知道是怎麼睡過去的，一夜無夢。

第二天早上神清氣爽的醒來，看看時間才六點多。

洗漱完出來，看著正在廚房忙活的那道身影，許彌有點驚訝的打了個招呼。

「唐同學早啊。」

穿著睡衣睡褲，頭髮隨意披著的唐悅溪正在準備早點，轉頭看了他一眼，粉面微紅，輕輕嗯了一聲。

「許同學早上好！」

昨晚還好，此刻這種狀態下見面，多少有點不好意思。

許彌奇怪的問道：「叔叔阿姨呢？這麼早就出去上班了？」

「平時也沒這麼早，今天說有事兒先走了。」唐悅溪盛了兩碗粥，把包子擺在桌上，看著許彌道：「過來吃早餐吧。」

許彌說道：「辛苦妳啦，感謝感謝！」

許彌也沒客氣，過去坐下，端起粥碗呼嚕呼嚕喝了起來。

昨晚光顧著喝酒，早上起來還真有點餓，一碗熱粥下肚，感覺特別舒服，看著唐悅溪問道：「妳熬的？很好喝啊！」

「那我再給你盛一碗。」唐悅溪拿起許彌的碗，道：「媽媽早上起來熬的。」

許彌稱讚道：「真幸福，阿姨廚藝太棒了！」

隨後，許彌又喝了一碗粥，吃了幾個包子，打算告辭離去，不過感覺就這樣走似乎有點不太禮貌，於是出於客氣的邀請了一下。

「我打算去買輛飛車，妳要不要一起出去溜達下？」

「為什麼要買車？」

一聽要出門，唐悅溪本能便有些抗拒，同時還有點奇怪，再有不到兩個月就要去京城上學了，這種時候買車做什麼？

「咱們假期還有挺長時間呢，沒個車也不太方便，總不能一直跟妳借吧？」許彌笑著解釋，而唐悅溪疑惑地看著許彌

「為什麼不能？我又不怎麼出門，你有需要開走就是。」

許彌有些無語，看著唐悅溪又是一問。

「那不好，萬一妳偶爾有需要呢？」

「沒關係，我還有一輛小的可以開。」

說著，唐悅溪像是想到什麼，小聲詢問。

「是不是男生都想擁有一輛屬於自己的車？」

「啊，對對對！」

許彌點頭，唐悅溪想了想，答應了下來。

「那好吧，你等我換身衣服，很快的。」

許彌無語，妳真去啊？

等了大約四十分鐘，許同學人生第一次對女生的『很快』有了全新理解和認知。

不過打扮之後的唐悅溪確實非常美！出現在許彌面前那一刻，有被驚豔到。

一頭烏黑長髮如絲般垂落在唐悅溪白皙的肩頭，髮尾微微捲曲，精緻的面龐仿若精雕細琢的瓷器，長長睫毛如蝴蝶翅膀輕輕顫動。

一身純黑色的修身連衣裙，流暢線條完美勾勒出纖細而高挑的身形，領口是簡約的圓領設計，恰到好處地露出白皙優美的脖頸。

中長衣袖包裹著纖細的手臂，腰間繫著一條細細的黑色皮帶，更是突顯出她盈盈一握的小蠻腰，裙子覆蓋到膝蓋上方，露出光潔的小腿，腳上踩著一雙黑色涼鞋。

一如既往的清冷系，這副生人勿近的冷豔打扮背後，還有一絲不易察覺的緊張與羞怯。

「咱們出發吧！」

唐悅溪說完，許彌回過神，隨後調笑了一聲。

「哦，好，走吧，妳這身打扮，我都有點不敢跟妳一起走。」

「為什麼？」

聞言，唐悅溪有些不解地看著他。

「太精緻太漂亮，走在一起容易遭人嫌棄唾罵。」

「啊？那我去換一身？很快的！」

「算了算了，反正外面也沒多少人！」

「哦，好吧。」

許彌抹了把額頭冷汗，兩人出門坐上唐悅溪的車，這次換她開，許彌坐在副駕。

車子從院內緩緩升空，朝著汽車銷售行方向飛走。

外面，熟悉的街角大樹下，張麒遠遠看著那輛車升空離開，忙不迭地回到自己車上，迅速跟了上去。

張麒不清楚昨天那通電話能給許彌帶來多少麻煩，反正只要有上眼藥的機會他都不會放過。

在張麒看來，唐家這種官宦家庭，不可能容許女兒跟許彌這種小門小戶又沒有未來的人過多來往。

所以他還是有機會的！自己那無能的父母根本就不明白，娶到唐悅溪這種家世的姑娘可以少奮鬥多少年！

將來崛起，偷偷在外面養幾房外室開枝散葉，等到實際成熟就接回來，要不了多少年，就將成為一個新興的大家族，到時候他也是大人物了！

至於許彌，那算個什麼東西？

此時，無論天空還是地面，車輛都不算多，唐悅溪選擇自動駕駛，車裡播放著很有年代感的音樂，誰在用琵琶彈奏一曲東風破……

許彌笑著問道：「妳喜歡老歌？」

唐悅溪輕輕嗯了一聲，說道：「我喜歡那個年代的歌曲，媽媽說她小時候還去現場看過演唱會，和現在虛擬世界裡面的感受不一樣。」

很多人喜歡這個全民修行的時代，但也有無數普通人懷念災變前的世界。

許彌也聽方芸說過，當時的秦國十分強盛，科技發達生活富足，已經成為這顆星球上最發達的國家。

可惜一場災變差點讓秦國陷入萬劫不復境地，若非國人自強，又有很多古老傳承，說不定真會重新上演一百多年前的悲劇。

如今各國依然虎視眈眈，無論災變前還是災變後，對秦國的圍追堵截從來未曾停止過，代表高端戰力的修行領域更是沒有消停過。

那些人畏懼有傳承的大秦，容忍不了這個東方大國再次崛起，從現實到戰網中高階區，暗殺事件層出不窮。

為什麼許彌會對張麒生出殺心？對方從骨子裡看不起他，卻在網上裡大肆讚揚他是個頂級天才，分明是想要引人來暗殺他。
就算不會引起敵人覬覦，也會讓許多戰院學生不滿——你一個乙等下的傢伙，是個錘子的天才？
這種平白給許彌樹敵的行為，令人噁心至極，他想要主動化解卻被拒絕，那就走著瞧好了。
就在這時，車裡突然傳來智慧系統的提示——後面有人跟隨！
正在聽歌的兩人微微一怔，唐悅溪打開系統查看，後車資訊頓時投影出來。
車主張麒，男，十八歲，冰霜城三中高三二班畢業生，家庭住址……
兩人面面相覷，許彌有些無語的同時也不由感慨唐同學這輛車有點厲害，許可權不是一般的高！
唐悅溪微微蹙眉，飛車瞬間提速，後面的張麒還沒意識到自己被發現了，不想放過跟糖糖『冰釋前嫌』機會，於是也加快速度追了上去。

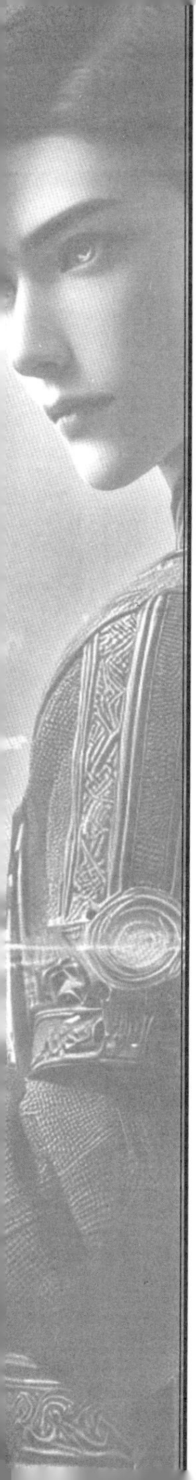

第十章 再入秘境

車行裡面，唐悅溪亦步亦趨跟在許彌身邊，她平日很少出門，哪怕這裡幾乎沒什麼人，心裡依然有點緊張。

許彌對車輛要求不高，能滿足日常應用，可以讓他順利前往鬼秘境就行，回頭他去上學，這輛車就留給老媽開了。

於是許彌選了一輛比較小的，價錢也不高，辦完手續十萬出頭，在他承受範圍之內。

爽快交完錢，許彌笑著對唐悅溪說道：「咱倆一人開一輛，我先送妳回去。」

唐悅溪卻看著許彌說道：「要不要找地方改裝一下？」

許彌面帶疑惑，唐悅溪道：「妳買車不是只在城裡開吧？出去的話，還是加裝一套雷達和隱身裝置比較好，不然容易有危險。」

這姑娘挺聰明啊！許彌覺得唐悅溪的話很有道理，於是點點頭。

「行，那聽妳的。」

外面的停車場上，穿著一身休閒裝的張麒坐在車裡，身旁副駕放著一束鮮豔的玫瑰，他的頭髮精心打理過，油光錚亮，沒有一絲亂髮。

此時，張麒正在給自己做著心理建設。

「反正這裡也沒什麼人，待會兒她出來，我直接過去表白！不行，人都說表白其實是給一段感情的交代，而不是開始，那我應該怎麼說？糖糖，前陣子我家出了點事，我爸得了絕症，所以我心情很糟糕……對，就這麼說！」

正想著，車行裡走出兩道身影。

張麒死死盯著並肩出來的兩個人，女生明豔動人，男生高大帥氣，正是唐悅溪和許彌！

兩人似乎在說著什麼，唐悅溪臉上還帶著淺笑！

張麒難以置信，為什麼這兩個人會同時出現在車行？

約好的？還是一起過來的？一大早唐悅溪就專門陪許彌過來買車？

張麒感覺心態都快要炸裂了，就在那兩人目光差不多要看向張麒這輛車的瞬間，他幾乎是下意識的開啟了絕對隱私玻璃，心都在滴血！

許彌和唐悅溪一出來就看見張麒的車了，兩人都有點無語。

「追到這來了。」

「是呀，莫名其妙的。」

「要不要過去打個招呼？」

「你？」

「我是說妳。」

「不了，感覺怪怪的。」

兩人就這樣，像是完全沒有察覺到張麒那輛車的存在，溜溜達達走到唐悅溪的車旁邊，隨後許彌買的車也自動開過來。

分別上車後，兩輛車同向離去，直到許彌和唐悅溪的車徹底消失在這裡，張麒才面色陰沉的從車上下來。

張麒手裡拿著那束鮮豔的玫瑰，鮮紅的玫瑰花瓣上還帶著晶瑩的露珠，在陽光下熠熠生輝。

他走到不遠處的垃圾桶旁，惡狠狠地把花摔進去。

這個小插曲並未影響到兩人心情，許彌給新車裝完雷達和隱身裝置，提出一起去吃午餐的邀請時，唐悅溪很愉快的答應了。

就算被張麒尾隨，這一天唐悅溪也過得很開心，和許彌在一起很放鬆，這麼多年從來沒人像他這樣，一點不把她當外人。

之前除了董佩雲還算自然，無論張麒還是趙羽瀟和孫禦烽，跟她在一起都有種小心翼翼呵護『小公主』的感覺。

唐悅溪並不喜歡那種感覺，但又不知該如何表達，而真正讓她願意跟許彌出來一起出來買車、吃飯和逛街的原因，還是昨晚那頓飯。

感覺關係一下子近了很多，被許彌送回家後，唐悅溪心情依然很愉悅。

一進屋看到母親楚彤，露出個有些心虛的笑容。

「媽，妳怎麼回來這麼早？」
「這話應該我問妳才對吧？妳幹嘛回來這麼早？」
楚彤看著女兒臉上掛著的淺笑，唐悅溪呆呆的問了句。
「我不回家還能去哪兒？」
「笨，牽手逛街啊，看電影啊，晚上找個沒人的小樹林親親抱抱舉高高呀，這麼大姑娘了，約會還要媽媽教妳？」
楚彤笑吟吟調戲著女兒，見老媽越說越過分，唐悅溪一張小臉兒通紅，忍不住嚴肅的辯解。
「誰和妳說我是出去約會了，都說了我不談戀愛的！」
「好好好，都依妳，反正別怪媽沒提醒妳，現在的許彌可不是藏在石皮下面的璞玉，他已經展露出光芒，被很多人給盯上了，按照大秦律，正妻只能有一個，妳不早點下手，將來可別找我哭……」
「誒誒誒，媽妳別說了，這都哪跟哪呀，太沒譜了！」
唐悅溪又羞又惱，轉身跑回了房間。
楚彤看著女兒關上的房門，眨了眨眼，喃喃嘀咕了一句。
「這丫頭是真傻，還是在跟我裝傻，以前可從來沒見妳跟哪個男生走這麼近，更沒有把自己打扮得這麼漂亮過……」

另一邊，許彌開車回到社區，停在自家超市門口。

順著巨大的玻璃窗往裡面看去，方芸正跟幾個鄰居聊天，臉上洋溢著燦爛的笑容。

這畫面可不多見，絕大多數人平日能不出門就儘量不出門，買東西在虛擬社群下個單就完事兒，很少有人主動來店裡。

許彌從車上下來，裡面的方芸一眼看見兒子，又看了看那輛車，似乎有點驚訝，不過臉上依舊保持著笑容。

許彌進來，幾個鄰居也都十分熱情的打起了招呼。

「孩子真是出息了，不聲不響就進了一大戰院，以後你媽可跟著你享福囉。」

「打小我就知道這孩子能有出息，我跟外地的親戚說起這事兒，他們還都不信！來，許彌，跟阿姨拍張合影，回頭羨慕死他們！」

「我也要我也要，我親戚家有個特別漂亮的姑娘，跟你同齡……」

好容易滿足了幾個熱情的鄰居阿姨，把她們都送走，站在方芸身旁，十分狗腿的伸手幫她捏著肩膀。

「累了吧，媽，我給您捏捏肩，我按摩很厲害！」

方芸哼了一聲，擺起了臉色。

「買車不跟我說，怕我阻止？你都成年人了，錢又是自己賺的，媽哪敢隨便阻攔呢？」

「我這是給您買的！」

許彌義正辭嚴，把老媽拉出來坐進車裡，炫耀著各種高科技配置。

加裝隱身和相控陣雷達後，車子的安全防護能力得到大幅提升，許彌重點提及這個，其實也是為了能讓方芸安心。

方芸本來也沒生氣，在她看來，既然決定放手讓兒子出去闖蕩，那就乾脆放得徹底一點。

「媽應該早點醒悟的。」

坐在兒子車上，方芸有些感慨的輕聲說了句。

「又想我爸了？媽，別再為過去的事情自責了，爸是為了保護咱倆才死的，我相信他並不會後悔，而且……當年就算您大力支持他修行，他的境界也未必能提升多少，對那場慘劇起不到任何決定性因素。」

有了絕對回憶，當年每一幀畫面許彌都記得，這麼說也不完全是在安慰母親，事實就是如此。

方芸眼裡蒙上一層晶瑩，低聲呢喃。

「真的嗎？就算當時我不反對，也同樣改變不了結局嗎？」

許彌一臉認真，緩緩解釋。

「媽，我是修行者，在這件事情上我比您有發言權，當時那種場面，別說我爸一個練氣三層，連入微境都不到的小修士，就算是七層流風，甚至八層化雲……都不敢說能全身而退。」

「真是這樣嗎？」

「真的！」

父親已經走了太多年，母親卻一直深陷自責走不出來，幾乎成為心魔。

之前還好，他這個兒子始終陪在身邊，可要不了多久他就要去京城求學，剩下老媽一個人在家，他都有點怕她徹底閒下來會想不開。

「不信您沒事看看相關新聞，再想想當年那種場景，我爸是個爺們兒！身為丈夫和父親，在當時那種情形下，要麼咱們全家一起死在怪物口中，要麼犧牲自己拯救咱倆，沒有第三種可能。」

許彌看著方芸，不停的勸解。

「事情過去那麼多年了，我也已經長大成人，您也該從那片陰霾中走出來了，以後遇到合適的就試著處處，我保證沒意見……」

方芸抹去眼角淚水，忍不住拍了兒子一下。

「胡說什麼呢？這還沒娶老婆，就開始嫌老媽礙事了？」

「您哪裡老了？等我回頭賺到錢，就在京城買個大房子，把您接過去享福，然後給您買駐顏丹，讓您返老還童，變成十八歲！」

「越說越不像話，還十八歲，那不成妖精了？」方芸笑罵，被兒子這麼一安慰，狀態也確實好了很多，突然感覺這世界都變得鮮活起來。

「媽，我餓了。」

見老媽沒事了，許彌也終於放下心來。

「走，回家給你做好吃的去，媽廚藝超厲害！」

晚飯過後，許彌進入虛擬世界登錄戰網。

先是搜索一下其他冥參和冥芝的價格，然後對比自己手中藥材成色，最後給冥參標了九百九十九塊靈石的價格，兩斤冥芝標了二百五十塊靈石。

價格並不算低，不過許彌有自信能賣出去，他的貨品成色明顯優於絕大多數人。

事實證明許彌的判斷沒錯，掛出去不到十分鐘，系統就傳來交易成功的提示。

為了鼓勵修行，國家針對修行物資之間的交易是沒有稅費的，除非用靈石換錢，才會產生個人所得稅。

一千一百四十九塊靈石，扣除百分三的平台手續費，也就是三十五塊靈石後，剩下一千一百一十四塊靈石已經進了平台帳戶。

有錢人真多啊！許彌忍不住發出感慨，整個人都興奮不已，畢竟這是他親手賺取的第一桶金！一筆鉅款。

按照官方價格，靈石大約十萬一塊，但因為是消耗品，黑市上成色好的差不多要十五到二十萬才能買到一塊。

有錢人為了迅速提升修為，都是不計成本的。

也就是說，許彌一趟秘境之行，即使按照官方銀行給出的定價計算，收穫也已過億了，稅後也有大幾千萬！

所以說修行者，尤其是厲害的修行者，隨便哪個都是人間富豪，反過來看，一個普通家庭，想要培養出一名修行者，依靠靈石幾乎沒可能！

像方芸的超市，除去日常用度，一年下來最多也就能賺個幾十萬，都買不了幾塊靈石，更不要說各種啟動身體屬性，實現全面進化的丹藥，更是無法用世俗貨幣去衡量。

修行者跟普通人之間，哪怕同在一片藍天下，也是兩個不同的世界。

許彌深吸口氣，這筆錢差不多可以在京城買上一套豪宅了，但眼下最重要的是修行，唯有不斷提升自身實力，才有機會獲取更多資源。

老媽這邊，暫時還是不要讓她知道自己這麼早就開始下秘境。

就在許彌打算填單讓智慧無人機過來取貨，儘快完成這筆交易時，帳號突然收到一條私信，打開後發現是那個買家發來的！

戰網的銷售平台採用匿名方式，買賣雙方都不清楚對方身分，但可以通過平台進行中轉，發送消息給對方。

買主是秦國人，發消息給他的用意也很簡單，希望可以長期交易，讓許彌以後有好資源直接賣給他，價錢好商量！

許彌自然不會拒絕，客氣的答應下來，當晚就將這批貨物發出去。

三天後，經過平台驗證，許彌收到那筆靈石，他第一時間就去了銀行，取出一百塊！

這時代的銀行完全由智慧系統控制，不會有人問你取這麼多錢要幹啥。

懷揣千萬鉅款，許彌興沖沖回到家，再次投入到修行當中。

絕對屬性每天都在刷新，許彌也漸漸總結出一些規律，對自身有所增強的相關屬性，比如絕對聽力，絕對悟性，絕對記憶這些，即便被新的屬性刷過去，相關能力也會有所提升，雖然不多，但還是能夠感覺到。

而類似絕對碾壓、絕對桃花這種，過去就是過去了。

幸虧是這樣，否則許彌會崩潰，因為前天居然刷出來個絕對倒楣！可把他坑苦了。

有了前面絕對碾壓的經驗，這屬性出來許彌就有些瑟瑟發抖。

心說怎麼會有這玩意兒？立即決定當天躲在家裡什麼都不做，修行都停止，然後事情就來了。

從零點開始，先是床上不知從哪冒出根針，正好紮在他屁股上，很疼，這簡直比見鬼都離譜，他家裡應該就沒有過這東西！

然後睡覺掉在地上，喝口水被嗆到，吃和平時一樣的食物，瘋狂壞肚子，拉到他這個身法雙修的年輕人近乎虛脫……

最後許彌乾脆擺爛，躺在床上一動不動，好容易熬過半夜十二點，才總算把這該死的霉運給挺過去。

結果第二天收到靈石入帳資訊，準備去銀行提取時，發現自己停在老媽超市外面的車上糊了一層鳥屎！都他媽乾了！

老媽正一臉崩潰的用澆草坪的水槍幫車子沖洗，嘴裡不停咒罵那些該死的鳥。

許彌差點裂開，整個人都不好了！

幸虧是躲在家裡，這要是出門下秘境，還不知道會發生些啥倒楣事，搞不好都得死在裡面。

這屬性的出現讓許彌明白了這種能力不全是好事兒，由此可見之前的絕對桃花也多少有點問題，讓張麒盯上了自己。

日子就這樣一天天過去，當時間來到七月二十九號，一千一百多塊靈石被全部消耗殆盡！

許彌終於從練氣三層的開竅後期，越過四層入微，成功衝進五層知神境！

靈石的最大優點就在於用它修煉速度飛快！比吸收靈氣快無數倍，當然代價也是普通家庭無法承受的，太貴了！

一個多億，二十多天就敗光了，而且越往後面需要的靈石越多，幾乎是以幾何倍數向上攀升。

三層到五層消耗掉一千多塊，五層到六層就得幾千塊，再往上更是讓人頭皮發麻的天文數字。

到了宗師境界，初期還好，後期靈石也沒那麼大作用了，需要各種極品藥材煉製的丹藥才能獲得提升。

背後沒有一個龐大勢力支撐著，想要快速提升境界，就只有一個辦法——冒著生命危險下秘境，自己去賺！

今天刷出來的是絕對平等，又是一個類似絕對碾壓的『當日有效』屬性，雖然聽起來沒那麼威武，但效果未必差。

許彌決定再去一趟鬼秘境，這次多準備點香燭紙錢，開學前大概還能去一次，然後就得等到假期了。

太過頻繁那邊也未必能拿出足夠的資源，其實最好的交易對象還是那位鬼王，對方手裡肯定有更好的資源，可惜那不是個好相與的。

以許彌目前這點實力，即使有『平等』加持，幹不掉對方的情況下，也不想去自討沒趣。

做好準備之後，許彌跟老媽打了個招呼，開車出門，買了大量冥界用品，朝著城外開去。

這一次許彌輕車熟路，繞開那些有主的秘境，很快來到老地方。

四下打量一番，沒發現什麼異常，於是背著背包，手裡提著個大袋子，撕開空間裂縫，再次進入鬼秘境。

國家圖書館出版品預行編目(CIP)資料

萬界重啟 / 小刀鋒利作. -- 初版.
-- 臺中市 : 飛燕文創事業有限公司, 2025.01-

冊；公分

ISBN 978-626-413-081-3(第1冊:平裝).--
ISBN 978-626-413-082-0(第2冊:平裝).--
ISBN 978-626-413-083-7(第3冊:平裝).--
ISBN 978-626-413-084-4(第4冊:平裝).--
ISBN 978-626-413-085-1(第5冊:平裝).--
ISBN 978-626-413-086-8(第6冊:平裝).--
ISBN 978-626-413-087-5(第7冊:平裝).--
ISBN 978-626-413-088-2(第8冊:平裝).--
ISBN 978-626-413-089-9(第9冊:平裝).--
ISBN 978-626-413-090-5(第10冊:平裝).--
ISBN 978-626-413-091-2(第11冊:平裝).--
ISBN 978-626-413-092-9(第12冊:平裝).--
ISBN 978-626-413-093-6(第13冊:平裝).--
ISBN 978-626-413-094-3(第14冊:平裝).--
ISBN 978-626-413-095-0(第15冊:平裝).--
ISBN 978-626-413-096-7(第16冊:平裝).--
ISBN 978-626-413-097-4(第17冊:平裝).--
ISBN 978-626-413-098-1(第18冊:平裝).--
ISBN 978-626-413-099-8(第19冊:平裝).--
ISBN 978-626-413-100-1(第20冊:平裝)

857.7 113018022

萬界重啟 01

出版日期：2025年02月初版
建議售價：新台幣190元
ISBN 978-626-413-081-3

作　　者：小刀鋒利
發 行 人：曾國誠
文字編輯：不夜狐
美術編輯：豆子、大明
製作/出版：飛燕文創事業有限公司
公司地址：台中市南區樹義路65號
聯絡電話：04-22638366
傳真電話：04-22629041
印 刷 所：燕京印刷廠有限公司
聯絡電話：04-22617293

各區經銷商

華中書報社	電話 02-23015389
旭昇圖書有限公司	電話 02-22451480
智豐圖書股份有限公司	電話 05-2333852
威信圖書有限公司	電話 07-3730079

網路連鎖書店

金石堂網路書店 電話：02-23649989
網址：http://www.kingstone.com.tw/

博客來網路書店 電話：02-26535588
網址：http://www.books.com.tw/

若您要購買書籍將金額郵政劃撥至22815249，戶名：曾國誠，
並將您的收據寫上購買內容傳真到04-22629041

若要購買本公司出版之其他書籍，可洽本公司各區經銷商，
或洽本公司發行部：04-22638366#11，或至各小說出租店、漫畫便利屋、各大書局、金石堂網路書店、博客來網路書店訂購。
▶如有缺頁、破損，請寄回更換！

Fei-Yan
飛燕文創